太阳鸟文学年选

丛书主编 阎晶明
主　编　黄德海

2024 中国随笔精选

中国精神的关键时刻

辽宁人民出版社

图书在版编目（CIP）数据

中国精神的关键时刻：2024中国随笔精选 / 黄德海主编. -- 沈阳：辽宁人民出版社，2025.1. --（太阳鸟文学年选 / 阎晶明主编）. -- ISBN 978-7-205-11414-5

Ⅰ.I267.1

中国国家版本馆CIP数据核字第2024HU9096号

出版发行：	辽宁人民出版社
	地址：沈阳市和平区十一纬路25号　邮编：110003
	电话：024-23284325（邮　购）　024-23284300（发行部）
	http://www.lnpph.com.cn
印　　刷：	辽宁新华印务有限公司
幅面尺寸：	145mm×210mm
印　　张：	7.75
字　　数：	165千字
出版时间：	2025年1月第1版
印刷时间：	2025年1月第1次印刷
责任编辑：	娄　瓴
装帧设计：	丁末末
责任校对：	冯　莹
书　　号：	ISBN 978-7-205-11414-5
定　　价：	68.00元

太阳鸟文学年选
编辑委员会

主　　编　阎晶明
执行主编　陈　涛

分卷主编

散　文　卷　李林荣
随　笔　卷　黄德海
杂　文　卷　李建永
短篇小说卷　陈　涛
小 小 说 卷　王彦艳

总序

年选是一种责任

◎ 阎晶明

每到年底，选本就成为热点。各种文学年选依次推出。名家主编、机构筛选，分体裁、分题材、分年龄、分性别，各显其能，各出新招。这是一个传媒不断发达，而且极速迭代的时代，也是一个写作方式、文学传播不断发生变革的时代，十年前的"新生"，已然成为"传统"，很多曾经的热议，今天看来，完全不具备继续关心的必要，只留下当年那般单纯的感慨。比如说吧，我现在参加文学活动，经常会听到对AI的议论，仿佛一场革命就要到来，又仿佛一个洪水猛兽正在闯入的路上。人们呼吁关注，也发表写作将会被替代的忧虑。文学是人学，难道会被"文学是人工智能学"所取代？现在当然给不了答案，但是它让我想起40年前电脑取代"笔"成为书写工具，引来文学人的一片惊呼。书写工具变了，思维岂能不变？写作速度提升，水分焉能防止？复制极大方便，原创如何保证？现如今，谁还把这个作为文学话题讨论呢？谁又敢说，坚持用笔书写的人一定比电脑录入的人更文学呢？也或者，谁还在阅读时嗅出了"电"的味道而感慨墨香不再呢？

文学就是如此在被迫适应与主动变革、坚守传统与引领新潮的纠缠中寻找着生存之道和发展之路。就像江河，曲折蜿蜒，清浊有别，又奔腾向前；就像空气，无形无色，浓淡各异，又须臾不可离开。这是我们最大的信念，这信念既来自文学数千年的伟大传统，也来自文学在一次次革命中获得的新生。

在如此复杂多样的文学生态背景下再来讨论文学年选的必要性和价值，就显得很有历史感。作品如此繁多甚至过剩，阅读又如此方便甚至厌食，年选是否仍有必要？回答应该是：正是因为目不暇接，精选才更显作用。如果有人问你近年来有什么好作品，说实话，一下子说出一篇小说、散文，或一首诗，还真的不易。那么，最方便的方式，就是推荐一本或一套年选作品集。

选编从来都是选编者眼光、审美的表达，是对文学形势的判断，更体现出一种文学的社会的责任。

1930年代，有人问鲁迅，如果只选自己的一篇小说推荐给世界，会是哪一篇？鲁迅说是《孔乙己》。为什么？因为在不足3000字的篇幅中写出了苦人的凉薄。这是鲁迅对自己小说艺术水准的自评，但我们看1927年鲁迅在《中国新文学大系·小说二集》中选了自己的四篇小说，《狂人日记》《药》《肥皂》《离婚》，恰恰没有《狂人日记》与《药》之间的《孔乙己》。为什么？因为1927年，五四新文学的时代主题还在，即使是选编，也更愿推出体现当时主题、现时仍然继续这一主题的作品。这就是一种责任的体现。

年选对于写作者，尤其是青年写作者具有特殊的鼓舞作用，我不妨再举一例。

青年方志敏，同时也是一位文学青年，他写过诗、小说、舞台剧作品。其中他在上海《民国日报》副刊上发表的小说《谋事》，曾被当时的某个小说研究机构选入了1922—1923《中国小说年鉴》。年鉴中出现的作者名字，包括鲁迅、茅盾、叶圣陶、郁达夫等名家。几乎没有文名的方志敏与之并列，给予他的鼓舞可想而知。1935年，方志敏在狱中坚持写作，写出了《可爱的中国》等美文。他设法把狱中文稿传送出去的时候，想到了鲁迅，并让传送者将部分手稿送到上海内山书店转交鲁迅。鲁迅也的确把这些手稿交给了冯雪峰，最终转送到延安。我个人以为，方志敏的这份信任，在一定程度上来自文学，这份信心也部分地得自于当年曾经在年选中与鲁迅"同框"。

你能说年选不是一件必须慎重、责任非常重大的事吗？我由此想与我们的编辑团队强调这份责任。我们的工作背后，有众多的目光关注，我们应该谨记这份责任和使命，为文学负责，为作家负责，为读者负责，甚至为未来留下年度的印迹负责。

辽宁人民出版社的文学年选坚持了很多年，已成为一个重要的文学和出版品牌，我们能够成为编选者，既感到荣幸，更感责任之重大。

愿我们的选择能够为读者带来新的审美体验，让文学像太阳鸟一样展翅飞翔。

是为序。

阎晶明

2024年11月18日

序一

弦歌与低语

◎ 黄德海

抗战时，熊十力居停北碚，经常跟人说起自己北平寓所的一副对联，"道之将废也，文不在兹乎"。两联均出自《论语》，也都是孔子的话。上联取自《宪问》："道之将行也与，命也；道之将废也与，命也。公伯寮其如命何？"下联源于《子罕》："文王既没，文不在兹乎？天之将丧斯文也，后死者不得与于斯文也；天之未丧斯文也，匡人其如予何？"

感叹"道之将废也与"时，孔子正担任鲁国大司寇，子路也在做当权者季孙的私人总管，这时，却有公伯寮向季孙编排子路的坏话。见微知著，孔子意识到这是季氏对他们师生起疑的信号，鲁国高层已不可能有自己的容身之地，而他（为天下苍生计）的政治理想也必将破灭，于是有道的行、废之叹。第二次感叹发生在周游列国途中，孔子与一众弟子被困于匡，眼见有了性命之忧。面临如此绝境，孔子平时深深收敛的光芒不自觉显露出来，虽然一闪即逝，却让我们罕见地看到了他内在的骄傲——礼乐的托命之人有了生命之忧，或存或亡，都是上天的意思吧，哪里是匡人能左右的呢？

　　用为今年这本精选集题目的文章，《中国精神的关键时刻》，写的是孔子更为巨大的一次困境——"厄于陈蔡"。其时吴伐陈，楚救之，孔子周游列国正碰上这茬，困于陈、蔡之间，"绝粮七日，吃的是清炖野菜"。当此绝境，最可信赖的学生子路和子贡都有些动摇，唯独孔子仍然"弦歌鼓琴，未尝绝音"，并借机向两位弟子施教："大寒既至，霜雪既降，吾是以知松柏之茂也。"写到这段往事的李敬泽，称这为"中国精神的关键时刻"："我们早忘了两千五百年前那场鸡飞狗跳的战争，但我们将永远记得，在那场战争中一个偏僻的角落里，孔门师徒的乐音、歌声、舞影和低语。"

　　如此关键时刻，未必非是一个时间点，也可以是一首诗中的志，一个时代的精神状况，或者一个人的生命转折。第一辑文章，主要选的就是这方面的内容。张定浩《瞻彼日月》，写的是《诗经·邶风·雄雉》，把"瞻彼日月，悠悠我思"看成乱世中的君子之诚，而"不忮不求"则是"人能弘道"的起点。杨焄《魏晋清谈的导览图与群英谱》，借一本书思考一个时代的精神状况，勾勒出魏晋清谈的大体面貌。阿来《我行山川异》，讲杜甫经古蜀道前往成都，诗风至此大变，"有了蜀山水，杜甫得以吐气；有了杜甫的诗，蜀山水也得到了生命。就这样反复言说，让杜甫诗歌与成都的历史事实，与成都的自然山水，与成都的人文景观相遇往返，才成就了我们的唐诗世界"。

　　第二辑选的文章，跟近现代中国史（一个关键时间段）上的杰出文化人物有关。王汎森《清华时代的梁启超与王国维》，深入梁启超和王国维清华时期的具体处境和思想变化，探究政治与学术之间的复杂关系。张文江《梁漱溟的命书和批语》，对比梁漱溟的命书和他的人生选择，推测他实际达至的生命境界。杨志《腼腆的"门徒"》，介绍徐梵澄译述室利·阿罗频多的过程，梳理一位思想者的精神进路。石硕《忆严文明与童恩正先生》，重现两位考古界前辈的风采，提示学术工作中好奇心与想象力的重要。

　　生于今日之中国，不得不跟国外文化接触并尝试从中吸取能量。第三辑的文章，谈论的是三位外国作家。黄灿然《歌德的智慧及其他》，围绕《歌德谈话录》展开，书中显露的洞见，让人觉得，"我们现在知道的，他早已知道了"。唐诺《〈父与子〉·屠格涅夫》，是有了一定年纪的人重读《父与子》的感受，"我心沉静，有余裕可以看到较细腻流动的部分"。邵毅平《活着为了虚构》，谈的是马尔克斯回忆录的虚构问题，对马尔克斯而言，或许"所有的讲述或记忆，都可能只是一种虚构，真真假假，虚虚实实"。

　　第四辑围绕的是通常意义上的类型文学，写法各有巧妙。吴雅凌《阿西莫夫的宇宙论》深入阿西莫夫作品的古典背景，毛尖《明月照大江》关注金庸小说跟时代和民心的关系，魏小河《特德·姜：科幻小说的荣光》则留心科幻小说的灵感与思辨之美。

　　接下来的第五辑，是关于读书和学习的故事。高峰枫《一千个哈姆雷特和一千个维吉尔》如福尔摩斯探案，追查"一千个读者眼中有一千个哈姆雷特"这句话的来源。张新颖《一个年轻艺术家的学习时代》仿佛娓娓道来的成长小说，清晰地勾勒出熊秉明丰富多变的学习时代。苗炜《尘世之爱不能永存》似乎说了三个不同的意思，却都跟个人独特的阅读体验有关。

最后一辑，收录的是往往被称为"印象记"的作品。程永新《唱歌的人不许掉眼泪》，写的是评论家程德培，一个心细如发的热肠人。贺嘉钰《去做"能做，又喜欢做的事"》，写的是新诗史家刘福春，一个淳朴开朗的研究者。弋舟《庞大固埃的转世灵童》写吞吐量惊人的作家田耳，黄昱宁《我看王阳》写演员身上透出的鲜明"莎剧感"光芒，李皖《韩松落的天使之声》写手出多面的作者如何让不同文体和自身经历共处于同一个世界。

不免会有人怀疑，后三辑文章，涉及的多为近人近作，也能称为"关键时刻"？或许可以吧。那些被冷落过久的类型文学，那些隐藏在岁月中的温煦往事，那些一闪而逝的人世光影，都类似某种特殊的弦歌或低语，慢慢累积成了值得好好珍视的当下，提示我们留意即将或真有可能出现的"中国精神的关键时刻"。

目录

001	**总序** 年选是一种责任	阎晶明
001	**序** 弦歌与低语	黄德海
001	中国精神的关键时刻	李敬泽
004	瞻彼日月	张定浩
014	魏晋清谈的导览图与群英谱	杨焄
020	我行山川异	阿来
037	梁漱溟的命书和批语	张文江
051	腼腆的"门徒"	杨志
062	清华时代的梁启超与王国维	王汎森
073	忆严文明与童恩正先生	石硕
081	歌德的智慧及其他	黄灿然
094	《父与子》·屠格涅夫	唐诺

109	活着为了虚构	邵毅平
118	想象的边界和可能：阿西莫夫的宇宙论	吴雅凌
134	明月照大江	毛 尖
139	特德·姜：科幻小说的荣光	魏小河
145	一千个哈姆雷特和一千个维吉尔	高峰枫
151	一个年轻艺术家的学习时代	张新颖
166	尘世之爱不能永存	苗 炜
174	唱歌的人不许掉眼泪 ——追忆德培	程永新
193	去做"能做，又喜欢做的事"	贺嘉钰
210	庞大固埃的转世灵童	弋 舟
221	我看王阳	黄昱宁
225	韩松落的天使之声	李 皖

中国精神的关键时刻

◎ 李敬泽

《左传》载，哀公六年（公元前489年），吴国大举伐陈，楚国誓死救之。陈乃小国，长江上的二位老大决定在小陈身上比比谁的拳头更硬。

风云紧急，战争浩大沉重，它把一切贬为无关紧要可予删去的细节：征夫血、女人泪、老人和孩子无助的眼，还有，一群快要饿死的书生。

——孔子正好赶上了这场混战，因于陈蔡之间，绝粮七日，吃的是清炖野菜，弟子宰予已经饿晕了过去；该宰予就是因为大白天睡觉被孔子骂为"朽木粪土"的那位。现在我认为孔夫子骂人很可能是借题发挥：想当年在陈蔡，这厮两眼一翻就晕过去了，他的体质是差了些，可身子更弱的颜回还在院里择野菜呢，而年纪最大的老夫子正在屋里鼓瑟而歌，歌声依然嘹亮。谁都看得出，这不是身体问题，这是精神问题。

在这关键时刻，经不住考验的不只宰予一个。子路和子贡就开始动摇，开始发表不靠谱的言论："夫子逐于鲁，削迹于卫，伐树于宋，穷于商周，围于陈蔡。杀夫子者无罪，藉夫子者不禁，夫子弦歌鼓琴，未尝绝音，盖君子无所丑也若此乎？"

这话的意思就是老先生既无权又无钱，不出名不走红，四处碰壁，由失败走向失败，混到这地步，他不自杀不得抑郁症倒也罢了，居然饱吹饿唱兴致勃勃，难道所谓君子就是如此不知羞耻乎？

话说到这个份上，可见二子的信念已摇摇欲坠；而且这话是当着颜回说的，这差不多也就等于指着孔子的鼻子叫板。果然，颜回择了一根儿菜，又择了一根儿菜，放下第三根儿菜，摇摇晃晃进了屋。

琴声戛然而止，老先生推琴大骂：子路子贡这俩小子，"小人也！召，吾与语"。

俩小子不用召，早在门口等着了，进了门气焰当然减了若干，但子贡还是嘟嘟囔囔："如此可谓穷矣"——混到这地步可谓山穷水尽了。

孔子凛然说道："是何言也？君子达于道之谓达，穷于道之谓穷。今丘也拘仁义之道，以遭乱世之患，其所也，何穷之谓？……故内省而不改于道，临难而不失其德。大寒既至，霜雪既降，吾是以知松柏之茂也。……陈、蔡之厄，于丘其幸乎！"

——黄钟大吕，不得不原文照抄，看不懂没关系，反正真看得懂这段话的中国人两千五百年来也没有多少。子路原是武士，子贡原是商人，他们对生命的理解和此时的我们相差不远：如果真理不能兑现为现世的成功，那么真理就一钱不值。而孔子，他决然、庄严地说，真理就是真理，生命的意义就在对真理之道的认识和践行。

此前从没有中国人这么说过，公元前489年那片阴霾的荒野上，孔子这么说了，说罢"烈然返弦而歌"，随着响遏行云的乐音,子路"抗然执干而舞",子贡呆若木鸡,喃喃曰:"吾不知天之高也,不知地之下也!"

我认为,这是中国精神的关键时刻,是我们文明的关键时刻。如同苏格拉底和耶稣的临难,孔子在穷厄的考验下使他的文明实现精神的升华。从此,我们就知道,除了升官发财打仗娶小老婆耍心眼之外,人还有失败、穷困和软弱所不能侵蚀的精神尊严。

当然,如今喝了洋墨水的学者会论证,我们之落后全是因为孔子当初没像苏格拉底和耶稣那样被人整死。但依我看,该说的老先生已经说得透彻,而圣人的教导我们至今并未领会。我们都是子贡,不知天之高地之厚,而且坚信混得好比天高地厚更重要。但有一点总算证明了真理正在时间中暗自运行,那就是:我们早忘了两千五百年前那场鸡飞狗跳的战争,但我们将永远记得,在那场战争中一个偏僻的角落里,孔门师徒的乐音、歌声、舞影和低语。

——永不消散。

(原载《我在春秋遇见的人和神》,浙江文艺出版社,2024年8月版)

.

李敬泽,中国作家协会副主席,著有《会饮记》《咏而归》《青鸟故事集》等。

瞻彼日月

◎ 张定浩

> 雄雉于飞，泄泄其羽。我之怀矣，自诒伊阻。
> 雄雉于飞，下上其音。展矣君子，实劳我心。
> 瞻彼日月，悠悠我思。道之云远，曷云能来。
> 百尔君子，不知德行。不忮不求，何用不臧。
>
> ——《邶风·雄雉》

"诗三百"，仿佛是一片古老的原始森林，而数千年的《诗经》诠释学，则可以视为林中路。在林中，有一些被众人踩踏出的大路，也有一些少人问津的幽深小路，但再多的道路也无法覆盖全部森林，这是林与路之间的辩证法。然而，来到这森林里的大多数人，只是游客，他们在各条现成的带有指示牌的道路上简单地漫游一番，拍点照片，再摘取少许路旁的野花和树叶，就心满意足地离去了。只有少数人，在探索完这些已有的林中路之后，依旧还能把道路视作森林的一个组成部分而非全部，他们想探索森林的秘密，就得既熟悉林中路又敢于脱离它们中间的任何一条，而他们的信心在于，不管他们走到这片森林的什么幽暗之处，都能看到人类的痕迹。

《诗》有本事，有心事，本事多不可考，也不必考，《毛诗小序》不过是聊备一说，而心事却可古今贯通，上下体证。所谓"瞻彼日月，悠悠我思"，恰是诗的读法，读诗就是去观望体察那一方写诗者的日月流转，再让自己的心思一点点与之相连相续。孔子说，"温柔敦厚，诗教也"，诗之所以能够教我们温柔敦厚，是因为我们相信，那些无名的先秦诗人的性情就是温柔敦厚的。

《雄雉》一诗，旧时多认为是妇人思念远役丈夫之作，且在思念之外又有怨刺与规诫。但深究末章的语气，明清学者陆续有疑义，如钟惺就认为"此圣贤学问之言，非妇人言语也"，牛运震《诗志》更指出，"《雄雉》优柔婉转，正大深厚，闺阁之诗少此气体"。姚际恒《诗经通论》也认为，"集传则谓'妇人思夫从役于外'，按此意于上三章可通，于末章'百尔君子'难通，故不敢强说此诗也"。他觉得讲不通就不强作解人，我觉得这个态度非常之好。但他挡不住其他很多学者即便讲不通还在继续讲。比如，程俊英《诗经注析》就把这首《雄雉》和《诗经》中其他的思夫诗比较，并表示，"（《雄雉》）末章忽以教训说理作结，不但索然无味，连前面的意境也一并破坏了"，这就有点过分了，因为这首《雄雉》本就未必是一首闺思诗，你怎么能先认定它是闺思诗，然后用闺思诗的标准衡量它，再说它不如其他闺思诗呢？到了袁行霈的《诗经国风新注》，他一方面看到《诗经》描摹女子思夫之诗句，尤其是提到"君子"处，都是款款柔情之语，迥异于《雄雉》末章，但另一方面，他又迅速将《雄雉》末章出现的语气变化解释为妇人的"嗔怨"，他觉得这样疑义就"尽可消除"了，而我们却只是多了一份嗔怨。

因为这里面的关键不在于猜测妇人是什么样的妇人以及她会

选择什么样的语气，而是要面对文本呈现出的实证。末章"百尔君子"的表述，不是古典时代妇人的表述习惯，这和她是否嗔怨毫无关系。"百尔君子"，其中"百"是一个泛称，类似于《小雅·雨无正》里的"凡百君子，各敬尔身"，后者是士大夫指称朝廷群臣的说法，可以反推《雄雉》的"百尔君子"或也类似。这一点，清代许伯政的《诗深》讲得特别清楚明白：

细玩诗情，全非闺思。尝合《小明》参观之，盖即行役之大夫所作。如"我之怀矣"二语，与"心之忧矣，自诒伊戚"相似；"展矣君子"二语，与"念彼共人，睠睠怀顾"相似；"瞻彼日月"一章，与"昔我往矣，日月方除。曷云其还，岁聿云暮"相似；"百尔君子"一章，与"嗟尔君子"两章惓惓勖望尤相似。且妇人称夫曰"君子"，而泛及于"百尔"，古人修辞必不若是之牵混。至于称朝臣为"百尔"，则经史所载颇多。其以雄雉起兴，取其耿介文明，脱然尘网，而叹己之不如。讽刺之意最深婉，且与"不忮不求"之意相引也。

许伯政以《小雅·小明》解《邶风·雄雉》，诸多疑难涣然冰释，后来吴闿生《诗义会通》几乎全袭其义："今详味诗旨，当是征士思归，以道自慰之词。'展矣君子'，引古贤者以自证也。末章归本德行，而结以不忮不求，其意尤高。乃圣门叹诵以为微言者，非徒寻常男女怨旷之思也。此诗与《小明》极相近，'展矣君子'二句，犹云'念彼共人，睠睠怀顾'也。末章即彼诗末二章之意。观彼篇即知此诗旧说之误矣。"

许伯政的《诗深》在民国时还是《诗经》研究者的必读书，但今天可能已经没有太多人知道了，刘毓庆虽然在论文《〈雄雉〉：和平的呼唤》中引用了许伯政的这段阐发，却仅仅视之为诸多新异之说中的一家，丝毫不以为意，他对《雄雉》末章的理解是，"对战争罪恶的痛斥和对和平的呼唤"，这显然不是从诗歌文本中得来的，而只是面对《毛诗小序》（"刺卫宣公也。淫乱不恤国事，军旅数起，大夫久役，男女怨旷，国人患之，乃作是诗"）的想象，而他所说的"作者显然是站在君子的对立面说话的。因为挑起战争的是'君子'，而被赶上战场、被迫与家人分离的则是国人"，更是不通古训，纯粹在以今人思维臆测古人了。

许伯政以《小明》解《雄雉》的见解不被主流认同，或许和《诗经》学者中固守的风雅之别有关，仿佛《国风》就必须是男女民歌，《小雅》《大雅》才是庙堂之辞。对此，朱东润早就做过辩驳，他在《国风出于民间论质疑》一文中，举出大量例子表明《国风》中的大多数诗歌也是来自精英阶层之手，尤其考证《毛诗小序》中所言国人所作者凡二十七篇，其中所指"国人"，"实与国之君子，国之士大夫同义"，并不是泛泛而说的本国老百姓。

且让我们沿着许伯政和吴闿生探索过的幽暗小路，把这首《雄雉》再重新领略一遍。

"雄雉于飞，泄泄其羽。"雄雉一如关雎、燕燕，自然是起兴，但兴中亦有贴切的比拟。这里面的关键词是"泄泄"，宋以后流行的解释是"舒散，自得"，但正如刘毓庆指出的，这只是出自对于雄雉之飞的想象而产生的臆测，既不符合生物学的实际，又缺乏训诂根据。"'雄雉'，就是雄野鸡，形大如鸡，斑色绣丽，尾长而有文彩。《说文》说'雉有十四种',而且各有名称。这十四种雉,今已难以分辨得清,但都有华丽的文彩则是相同的。因尾长,故起飞显得很吃力,飞不能远。《本草纲目》卷四十八引宗奭曰:'雉飞若矢,一往而堕,故字从矢。'就说明了它不能远飞的特点。陆佃《埤雅》卷六说它'其交有时,别有伦。而其羽文明,可用为仪'。"(刘毓庆《〈雄雉〉:和平的呼唤》)

《诗经》中出现过三次"泄泄",除《雄雉》外,还有《魏风·十亩之间》"十亩之外兮,桑者泄泄兮"和《大雅·板》"天之方蹶,无然泄泄",尤其是《大雅·板》的这句,《孟子》中曾有引用并明确指出,"泄泄,犹沓沓也",表示拖沓、反复、喋喋的意思。这个意思也可贯通三处"泄泄"的解释。"泄泄其羽",就是形容雄雉受长尾之累,飞行艰难,反复起落。唐石经避李世民讳,将"泄泄"改成"洩洩",后者有舒散自得之意,后世学者遂以"洩洩"解"泄泄",故面目全非。

"我之怀矣,自诒伊阻。"诒,通遗;伊,指示代词,意思和"此""其"接近;阻,阻隔,如果是心里的阻隔,就类似于一块心病。可再参考《小雅·小明》"心之忧矣,自贻伊戚"一句,与此句的句法相似,其中,怀和忧,阻与戚,意思也相当接近。《雄雉》首章整体的意思大体就是:我心里所念念不忘之物,恰恰也是给我自己添堵之物。正如雄雉的长尾美丽珍贵,却也是它自己飞行的牵绊与拖累。

"雄雉于飞,下上其音。展矣君子,实劳我心。"次章依旧是雄雉意象的发展,而关于这意象解读的关键,是"实劳我心"的"劳"字。考《诗经》中还有两处"实劳我心",分别是《邶风·

燕燕》"瞻望弗及，实劳我心"，《小雅·白华》"维彼硕人，实劳我心"，另有一处接近的句式是《邶风·绿衣》"我思古人，实获我心"。这几处的"劳"，通常都被解释成"忧劳"或"劳烦"，但实则都当为"慰劳""慰抚"，是指那个人的存在抚慰了我的心而非使我忧劳。这一方面有字词上的训诂明证，如《集韵》："劳，慰也"，《广韵》："劳，劳慰也"；另一方面，也有《邶风·绿衣》"我思古人，实获我心"可供参照；再者，如许伯政所引《小雅·小明》"念彼共人，睠睠怀顾"，恰也符合"慰劳"之意，吴闿运所谓"引古贤者以自证也"，正是拈出了此种解释中所蕴藏的刚健向上之意。

"展矣君子"，《毛传》训展为诚，后世或取笃诚、诚实之形容词意，或取诚然、确实之副词意，都没有领会"诚"字之古典要义。《中庸》："诚者，物之终始，不诚无物。"诚是指事物的如其所是，万物呈现其本来之面目。"下上其音"，正是雄雉之诚。孟子讲，"诚者，天之道也；思诚者，人之道也"，又讲，"万物皆备于我。反身而诚，乐莫大矣"，人是和万物发生关系的人，因为见到万物各归其所，反观自照，人的灵魂秩序也得以整顿。君子之诚，正如万物之自得。"展矣君子"，就是方玉润所解释的，"诚哉其为君子也"。

这首、次二章合在一起，若转译为现代的句子，大体会是这样：雄雉受美丽长羽牵累，但亦有上下飞鸣自得之时（它的艰难和潇洒是一体的）；如我虽受自己念想所羁绊，但若想起君子之诚，（想起他是如何忠实于自己的本心），也能令我获得实实在在的安慰。

"瞻彼日月，悠悠我思。道之云远，曷云能来。"前两章只提及"我之怀矣"，但我们实际上并不知道诗人所怀的是什么。第三章依旧没有具体的指向，唯有隐约暗示。有两段先秦文本可作参考，一是《小雅·小明》："昔我往矣，日月方除。曷云其还，岁聿云莫。"一是古歌《白云谣》："白云在天，丘陵自出。道里悠远，山川间之。将子无死，尚复能来。"《小明》直言"我征徂西，至于艽野"，自是行役士大夫怀归之作。《白云谣》则有周穆天子和西王母本事，是西王母赠别之作。怀人寄远，是空间的阻隔，于是诉诸可以跨越空间的日月，我所见到的日月亦是你所见到的，无论你在远方，抑或在古代。在你和我之间，在日月之下，有一条通道，"道之云远，曷云能来"，远在道路那头的人，何时才能到来？道路意味着联结的可能，却也是此刻分离的标志。

《雄雉》的前三章，就文本而言，一直在两个可能的层面同时展开着，一是妇人思君子，一是士大夫思前贤友朋。"悠悠我思"，重要的不是去追溯激发思的具体情境，而是去感受思所抵达的普遍境遇。

"百尔君子，不知德行。"大多数现代解释把"不知德行"理解为一句斥责，类似于"不知廉耻"，这是他们错误理解这首诗的一个根源。要知道《诗经》但凡提及君子处，皆无贬义，因为"君子"这个词本身就意味着美好，在先秦的时代，词语和它指代的内容尚且还保持着如其所是的高度一致，这也正是"修辞立其诚"的本义。朱熹解此句为反问句，"言凡尔君子，岂不知德行"，这是他懂得古义，但反问的语气，是建立在增加一个"岂"字的基础上的，同时，他把"不知德行"的主语视作"君子"，这是完全错误的，也因此引发后世种种的误解。这首诗前三章里分别都有一个抒情主体"我"，这个"我"，在第四章中依然存在，只不过隐含其中。郑玄最初的解释，"我不知人之德行何如者可谓为德行"，就很明显地认识到这个抒情主体"我"的前后统一。郑玄的解释虽没有斥责意，但容易被误解成斥责，又有一点反问的语气，所以就被朱熹理解成反问句，进而歧路中又有歧路，令人不知所之，故不如后来李樗《毛诗李黄集解》中所表述的平实，即"百君子之多，我不知其德行如何"。

德行，至少在先秦两汉的古典时期，并不是一个抽象的笼统的概念。德，是心有所得；行，是付诸行事。《大戴礼记·盛德》："是故古者天子孟春论吏德行"，王聘珍注解其中"德行"一词，"德行，外内之称，在心为德，施之为行"。《孟子·公孙丑上》："冉牛闵子颜渊善言德行"，朱熹注："德行，得于心而见诸行事者。"既然是得之于每个人的内心，那么不同品性的人自然会有差异，会倾向于不同的德，落实到具体行为上也会有所区分。这种差异，也正是"论吏德行"和"善言德行"的基础，就是懂得辨识不同人在德行上的细微区分。《周礼·地官·乡大夫》："考其德行道艺"，贾公彦疏曰："德行，谓六德六行"。具体而言，六德指仁、智、圣、义、忠、和；六行指孝、友、睦、姻、任、恤。所谓君子，既然是有德且在位者，那么就是要不断接受这种德行考量，但这种考量不是粗暴的非善即恶，非好即坏，非升即走，而是探测每个君子所呈现出的德行的具体宽度和深度。

再者，"不知德行"中的"知"字，其本义并非我们现在泛泛而言的"知道",而是"辨识"。《大学》:"致知在格物",朱熹注曰:"知,犹识也。"因此,"百尔君子,不知德行"一句的意思,比较准确的现代表述应该是,有那么多君子,我不能一一辨识他们(各自不同)的德行。由此,才自然推出这首诗最后也是最为精彩的一句。

"不忮不求,何用不臧。"忮,恨也,害也,即有害人之心。求,索取也,贪求也,即有求人之心。不害人,不求人,也正是君子反身而诚之象,一切艰难困厄最终在自己身上解决,不迁怒于他人也不求索于他人,这也就是"天行健,君子以自强不息"。"何用不臧",这才是典型的反问句式,《诗经》里类似的还有"何用不监""何草不黄""何福不除"等。用,犹行也;臧,善也。只要能做到"不忮"与"不求"这两点,有什么样的行为不是好的呢?

这末句,也是孔子对子路的称赞。《论语·子罕》:

子曰:"衣敝缊袍,与衣狐貉者立而不耻者,其由也与!'不忮不求,何用不臧?'"子路终身诵之。

子曰:"是道也,何足以臧?"

子路穿破旧衣裳与穿名贵衣裳者站在一起,丝毫不觉得羞耻,因为他既不嫉恨富贵,也不贪求富贵,这就是子路的性情。但子路因为孔子的夸奖就从此念念不忘这两句话,就又受到了孔子的批评,因为对一个有志君子来说,这两句话并非终点,而不过是起点。

《雄雉》是乱世中一个卫国士大夫的感怀，方玉润认为这是"友朋相望而相勉之词"，大抵是不错的，但他把首章"我之怀矣，自诒伊阻"理解成因为求功名而赴远途，不免有些脱离文本之后的想象了，而与其说是"相望而相勉"，不如说是相望而自勉。"瞻彼日月，悠悠我思。"诗人所思的，正是乱世中的君子之诚。"道之云远，曷云能来。"如果我们进一步把"道"引申为抽象的正道，这句话所表达的就是一种乱世中的绝望，但仍有另外一句孔子说过的话可以激励我们，"人能弘道，非道弘人"，而弘道的起点，就是"不忮不求"。

（原载《书城》2024年10月号）

张定浩，《上海文化》副主编，著有《孟子读法》《取瑟而歌》《既见君子：过去时代的诗与人》等。

魏晋清谈的导览图与群英谱

◎ 杨 焄

  肇端自汉末魏初，造极于东西两晋，最终在晋宋之际渐趋消歇的清谈，在中国思想文化史上留下了异彩纷呈的重要篇章，然而在后世的评议中却不得不面对毁誉参半的窘境。一方面，魏晋名士汪洋恣肆的风神、咳唾成玉的辞令和抉微阐幽的哲思，令久困樊笼的俗世中人总免不了自惭形秽而暗生企羡；可是另一方面，在政局波诡云谲的危殆形势下，这些挥麈笑谈的名士竟然整日沉醉于辩名析理，甚至放浪形骸，不通世务，又使其无端背负起构乱误国的骂名。尽管现代学者围绕清谈已经做过大量翔实细密的考订，但对于满怀好奇想要深入了解其源流递嬗的普通读者而言，迄今为止恐怕仍然需要一部既能融会贯通又能自出机杼的入门导引之作。多年来精研中古文化的龚斌先生近日推出新著《魏晋清谈史》（广西师范大学出版社，2024年），将这两百年清谈史上重要的人物、史事和议题娓娓道来，逐一剖判清厘，不仅深具学理，而且雅俗共赏，堪称魏晋清谈的导览图与群英谱。

  一份合格的导览图首先要为游客划定合适的游览范围，太过狭小固然使人拘于一隅而不能尽兴，过于宽泛又难免步履匆遽而浮光掠影。关于清谈的性质，学界以往更侧重从哲学史、思想史的角度进行界定，以致时常与魏晋玄学混为一谈。本书钩稽梳理基本史料，主张除了抽象的形上之思外，凡内容涉及历史、政治、人物、生活、宗教等不同领域，具备问答形式、注重语言技巧的各类雅谈美论也都应该纳入清谈的范围。唯有适当调整衡量取舍的标准，才能如实呈现清谈在魏晋士人思想和生活中的重要地位和深远影响。比如东晋王羲之在兰亭邀约友人饮酒赋诗，在本书作者看来，这次"畅叙幽情"（王羲之《兰亭集序》）的雅集就包含着清谈的内容，俯仰感慨间充分彰显了玄对山水的意趣、安顿生命的哲理乃至日常生活的审美化。在扩充清谈范围的同时，作者仍恪守实事求是的原则，并不贪多务得。有学者曾将清谈的起源追溯至西汉淳于髡、东方朔等人的俳谐嘲戏，欲借此延展清谈的内容和历史。作者对此不以为然，从两者在内容、言辞上的分歧着眼，并联系魏晋时期的知识谱系和文体观念，予以辨析驳正。经过这番沿波讨源的考索，明确了清谈的内涵和边界，起到了纲举目张、统揽全局的效果。

一份上佳的导览图还需制定细致合理的游览路线，以免游客错过任何一处值得低回流连的景致。全书条分缕析，不厌其烦，旨在对魏晋清谈的始末原委做全景式的考察。细究作者的相关工作，首先是多有补苴罅漏的研讨。比如在曹魏正始年间言及裴徽、管辂等，西晋时述及乐广、卫玠翁婿，东晋时提到桓温及其幕宾等。这些清谈人物或因活动范围远离京师等文化中心，或因谈议内容所存无几而难以考索，此前并未引起学界应有的关注。本书则从大量史料中钩稽爬梳，详加考述，由此可见清谈活动持续时间之长久，分布地域之广阔，所涉人员之多样。其次则注重清谈场景的还原。不少清谈议题确实极富思辨意味，很能启人心智，可是一旦抽离具体的环境氛围和人物情态，总觉得缺少些许鲜活灵动的生气。在讨论管辂与诸葛原的清谈时，作者曾围绕《管辂别传》里一段攻守相争的比喻悉心诠说，强调以此来比拟问答中的往复议论极为贴切生动，并指出两晋时用两军对垒来形容清谈的现象更为常见。当日双方激烈争辩的内容虽已渺不可寻，但据此遥想悬揣，仍能稍稍窥知清谈的开展方式，令人宛若身临其境而心生无限神往。最后还强调多元视角的考察。比如魏晋时期盛极一时的才性四本论，前人多从政治党争的视角加以阐发，作者认为还需考虑其自身特有的学术性质，否则就无法确切理解其中抽象玄远的内容，更难以解释何以到了东晋时期，才性论的政治属性早已淡化，却依然受到大家的青睐。可供比较参证的还有西晋兴起的"贵无""崇有"之论，前人多关切其逻辑思辨的细微深曲，本书则提醒读者必须注意其中还关系到吏制、士风等现实政治问题。"横看成岭侧成峰，远近高低各不同"，整合了不同视角的观感，才能更全面地领略到清谈的丰富内容和多重意蕴。

　　导览图替游客们规划了整体行程，到了每一处具体景点，还需要更有针对性的深入介绍。本书虽以时代为线索，实以人物为关键，提供了一份详悉的魏晋清谈群英谱。其间既有对颍川荀氏、河东裴氏、琅琊王氏、太原王氏、陈郡谢氏等清谈世家以及竹林七贤、洛滨解禊、兰亭雅集等清谈群体的群像扫描，也有对何晏、王弼、郭象、谢鲲、殷浩等卓绝人物的专门刻画，与此同时也没有遗漏大批兴致勃勃、乐此不疲的普通清谈者。在总结概括世家、群体的整体趋向时，作者并不疏于辨析其内部的细微差异。在论述竹林七贤时，就提到嵇康、阮籍、阮咸、刘伶等人固然有"越名教而任自然"的鲜明特征，而山涛、王戎、向秀等人尽管也宗仰自然，却并不攻击名教。在考较卓绝人物的思想时，作者在前人研究的基础上也尝试着再予拓展深化。汤用彤先生认为王弼在学术上取得的创新其实是"继东汉以来自由精神之渐展"（《魏晋玄学论稿·王弼之〈周易〉〈论语〉新义》）的结果，作者对此就尤为欣赏，并从个性自由、精神自由和学术自由等角度再做引申发挥，强调"精神与思想的自由是学术自由的前提和基础"，"'渐展'是精神自由的开放过程，也是旧学变化为新学的发展形态"，稍事寻绎，不难体会到其中寄寓的深意。至于大批普通清谈者，在学术上或许乏善可陈，有些"啖名客""利齿儿"只求博取声名，更是无足称述，但也正是因为他们的存在和映衬，魏晋清谈才会体现出波澜壮阔、异趣多元的风貌。

考察魏晋清谈人物离不开《世说新语》，本书作者于此精研有年，相继撰有《世说新语校释》《世说新语索解》等著作，照常理而言，在编制这份群英谱时势必驾轻就熟，毫无滞碍。不过他并不满足于此，而是清醒地意识到，受永嘉南渡后南北政权对峙的影响，《世说》记录的仅是东晋南朝的情况，尚不足以反映清谈发展的全貌。为此他又从大量史籍中仔细搜求，钩沉索隐，不仅仔细考索偏居河西凉州的张天锡参与过的一系列清谈活动，认为其清谈水准不容轻忽，还指出北方文士中其实也不乏张跃这样"学敏才达，雅善清谈"（崔鸿《十六国春秋·后赵录》）的清谈人物。

在这份清谈群英谱中格外引人瞩目的，是作者根据大量僧传资料和佛经典籍，还专门讨论了佛教清谈的发展状况。其间涉及

017

僧俗交游、讲经格义、佛玄交融等重要问题，提到康僧渊、佛图澄、释道安、竺法雅、支敏度、支遁、鸠摩罗什、僧肇、竺道生、慧远等大批南北佛教界代表人物的清谈活动，甚至还有不少擅长佛教清谈的女尼，例如"谈论属文，雅有才致"（宝唱《比丘尼传·简静寺支妙音尼传》）的支妙音，"雅能清谈""贵在理通"（同上《洛阳城东寺道馨尼传》）的竺道馨。从中既能看到佛教在传播过程中所付出的不懈努力，也足以展现清谈活动在当时的影响力、包容度和丰富性。

魏晋清谈历时达两百年之久，内容庞杂，头绪纷繁。毋庸讳言，作者在旁搜远绍时偶尔也略有疏漏。比如在讨论汉末佛教清谈滥觞时，书中特意标举了采用问答形式的《牟子理惑论》，认为此书"虽然不是清谈的记录，却不妨当作清谈看"；介绍汉末佛经翻译情况时，又征引过该书的相关记载；议及佛经格义现象的起源时，再次提到此书依附《老子》以阐说佛理的先例。不过这部旧题东汉末年牟融所撰的佛教典籍，自晚清以来中外学界对其真伪就屡有争议，或认定确为后汉之作，或怀疑系出晋刘时人伪托，或以为真伪参半而需做甄别，至今尚无定论。在使用此书时似乎应该稍加谨慎，至少需要做些必要的交代。此外，令人略觉未惬于心的是，书中先后论说桓温幕府和慧远僧团两大清谈群体，却对与这两个群体关系极其密切的陶渊明避而不谈。陈寅恪先生在《陶渊明之思想与清谈之关系》（收入《金明馆丛稿初编》）中早就令人信服地辨析过，陶氏部分思想"为承袭魏晋清谈演变之结果"。本书作者对陶渊明素有研究，有过《陶渊明集校笺》《陶渊明传论》《陶渊明年谱考辨》等系列著作，对此自然熟稔在胸。或许是考虑到本书断限下迄于东晋，而陶渊明业已入宋，才不得不将其排除在外吧。不过面对陶渊明这样跨越晋、宋两代的人物，前人在处置时其实仍有变通回旋的余地，《晋书》和《宋书》就分别记载其生平而并行不悖。好在作者曾撰长文《陶渊明哲学思想及与魏晋玄学之关系》（收入《南山的真意：龚斌说陶渊明》，上海古籍出版社，2003年），对此问题别有申说，相互比勘参照，也可以稍稍弥补本书的缺憾。

（原载《文汇报·笔会》2024年9月11日）

杨焄，复旦大学中文系教授，著有《寻幽殊未歇：从古典诗文到现代学人》《却顾所来径》《明人编选汉魏六朝诗歌总集研究》等。

我行山川异

◎ 阿 来

喧然名都会

757年4月,距离公元755年12月安史之乱爆发已经一年多了,杜甫冒险从长安逃到凤翔(今陕西宝鸡)投奔唐肃宗,后被肃宗授为左拾遗——一个在皇帝身边进谏兼侍从的官职,故世称"杜拾遗"。

不料杜甫入职没多久,便因疏救房琯而触怒肃宗,被贬到华州(今陕西渭南市华州区)任华州司功参军。性格疏放的他,不能忍受无聊而繁重的官吏生活,加上战乱之中,俸禄微薄,不能养活家人,于是便弃官,带上一家人前往秦州(今甘肃天水),意图要在此地筑一草堂以避战乱。无奈看中了地方,当地的主人并没有遂他的愿望。想建一草堂,却找不到盖草堂的地方。于是,又从天水跑到甘肃秦岭中的同谷县,想投靠当地主持县政的官员有所依托,这个通过音问的县令却对他不闻不问。一家人在严冬中啼饥号寒、凄苦无依的境遇,在其歌行体的诗《乾元中寓居同谷县,作歌七首》中可以得见:"男儿生不成名身已老,三年饥走荒山道。"秦州住不得,同谷县也待不下去,只好继续带着妻儿颠沛流离,穿越高山深峡的秦岭,走古蜀道来到成都。

杜甫有以诗记行的习惯,他曾说自己"一岁四行役"(《发同谷县》)。先去洛阳寻亲再回华州,一行役;再由华州到秦州,二行役;又从秦州到同谷,三行役;最后从同谷出发,拖家带口来到成都,四行役。

从同谷县出发来成都,他一共写了十二首诗。诗中除记有过了什么渡口,翻过了什么山,越过了什么岭,越了什么关,行程如何的崎岖艰难之外,还写了山水的旖旎与壮美。过剑门关有诗:"唯天有设险,剑门天下壮。"马上入成都平原了,最后一座山是鹿头山,他抑郁的心情也一下疏朗了。《鹿头山》:"游子出京华,剑门不可越。及兹险阻尽,始喜原野阔。"

这十余首纪行诗,诗名就是地名。今天,古蜀道上,这些地方这些名字大都还在,我们可以沿此来一次唐诗之旅。

乾元二年腊月,即759年12月至760年1月间,临近年关时,杜甫终于来到了成都。

他有一架车,马车,车上载着妻子与年幼的几个孩子。他和随行的弟弟应该是在步行。终于,望见了平原上的成都城。他又写下一首诗《成都府》。这首诗既是他艰难行旅的纪行诗的最后一首,也是他写成都新生活的第一首诗,当然,也是我讲杜甫成都诗的开篇。先来一起读读这首诗。

成都府

翳翳桑榆日,照我征衣裳。
我行山川异,忽在天一方。

> 但逢新人民，未卜见故乡。
> 大江东流去，游子去日长。
> 曾城填华屋，季冬树木苍。
> 喧然名都会，吹箫间笙簧。
> 信美无与适，侧身望川梁。
> 鸟雀夜各归，中原杳茫茫。
> 初月出不高，众星尚争光。
> 自古有羁旅，我何苦哀伤。

这首诗我们可以分成三段来讲。

从"翳翳桑榆日"到"游子去日长"是第一段。

先解释"翳翳"这个词。"翳"有两层意思。第一层意思是表示被云彩遮住而看不清楚。过去老百姓把生了白内障叫作长"翳子"，在白内障还不太严重的时候，患者还能模模糊糊看见。用的就是这个意思。第二层意思则是说光线的变化。在今天的书面语里，"翳"这个字已经基本不用了，只在四川口语里有所保留。

日本有一位非常有名的唯美主义的作家叫谷崎润一郎。他在20世纪30年代写过的一本叫《阴翳礼赞》的散文集里说："美不存在于一个物体之中，而存在于物与物产生的阴翳的波纹与明暗之中。"这就是在说光线的变化。大家想一想今天的摄影、绘画，尤其是西式的绘画，其中很多作品就是在捕捉光影的变化。所以谷崎润一郎说："离开阴翳的作用，也就没有美。""翳翳"就是在展现一种光影之美。

"桑榆"也不仅仅是字面表达的桑树、榆树的意思。杜甫在这里用了典故。中国古代著名的丝绸之路,其丝绸的重要产地并不在长安这个起点,而是在四川。到今天,西域考古还常常发现汉唐时代的蜀锦,这正是蜀地纺织业发达的证据,要织锦就得栽桑养蚕,那"桑"就说得通了。但是"榆"呢?榆树是北方的树,在四川几乎没有,可杜甫不是现实主义诗人吗?他难道是在瞎写吗?当然不是。杜甫非常有学问,他自己在《奉赠韦左丞丈二十二韵》说过:"读书破万卷,下笔如有神。"他的很多诗句,看起来平白如话,其背后都藏有学问。那么这里的"桑榆"是指什么?原来,《淮南子》里就说过,"日西垂,景在树端,谓之桑榆",杜甫就用这典说出了此刻的时间,也就是黄昏时分。

如此一来,我们就能够描摹出杜甫看见的景象了:在太阳快落山的时候,杜甫在平旷的田野当中,远远望见了成都。成都的冬天,即便出太阳,也总是雾气氤氲,"翳翳"产生了朦胧迷离的美。

杜甫在《怀锦水居止二首》里曾经写过"锦城曛日黄",也是在说冬天的成都,要落山的太阳像一个煎鸡蛋般,黄黄的,也是因为雾气阴翳所致,这就是"翳翳桑榆日"。

后半句"照我征衣裳"同样不能从字面意思简单理解。经过种种革命,"征"这个字在今天我们中国人的意识中都有点军事化的味道。我们往往会把自己即将要去完成的某种重要的事业称为"新长征"。还有"远征""征途"这样一些词。但是在古代,"征"有两个意思:第一,表示军人行军、打仗;第二,也是更重要的一层意思,就是走比较长的路。前文说过,安史之乱爆发后,左拾遗杜甫得罪皇帝，皇帝就让他回去看看寄居在鄜州的老婆孩子。这是肃宗皇帝不喜欢他了，这样做有眼不见心不烦的意思。于是杜甫就写了《北征》，诗中有一句"杜子将北征，苍茫问家室"，这个"征"的意思便是要走较长的路，包括陆游在《剑门道中遇微雨》中写到的"衣上征尘杂酒痕，远游无处不消魂"的"征"也是这一意思。陆游的这句诗恰好与杜甫的诗对上了，对的就是这句"照我征衣裳"。我们可以发现，通过这些古典诗词，只要我们愿意深入探究，就能发现文字的演变、词义的转移。

杜甫是从天寒地冻的北方来的，风霜降临大地，那里的树上兴许一片枯叶都没有了，但在这里的原野上，树与竹林苍翠，庄稼与蔬菜碧绿，远处还高耸着城墙坚固的城市。所以他用"忽在天一方"来形容他初见成都时的心情，仿佛到了另外一片天地，另一个世界似的，这儿完全是不一样的山川！

这里的人，说话的口音都跟同谷人不一样了，跟秦州人不一样了，样貌与表情恐怕也有些不一样。在这另一个天地就连遇到的人与民都是新的！这怎不叫杜甫心里涌起欣喜。他却又想起了故乡。他本来是因为在故乡待不下去才跑到四川来的，没有想到居然在这个时候又想起故乡，这就包含着他情感上的变化——由欣喜转为惆怅。不敢想什么时候能够再见故乡。

这个大江就是锦江。那个时候的成都，江流在城墙外面。他从北方过来，还在成都城外，就看见了锦江东流，便想到在外面游荡的日子肯定和这江水一样漫长无尽，惆怅情绪就更深长了。

从"曾城填华屋"到"中原杳茫茫"是这首诗的第二段。杜甫写实的描述就像纪录片镜头一样，移步换景。现在，他终于进城了。

"曾（céng）"是个通假字，通"层"。在古代，城墙不止一重，所以叫层城。不止一重的城墙内，填满了华美的房屋。"季冬树木苍"这个景象在成都本地人的眼中是司空见惯的，但是杜甫来自冰天雪地的地方，那里冬天万物凋零，可这里树还是绿的，草还是绿的，有些地方说不定还开着什么花。这时节，起码，腊梅花已经开了。这一切对他来讲，都太新奇了。

唐代的中国有四大名城。首先，都城长安自然榜上有名，又因为隋炀帝建造京杭大运河，使得扬州成为重要的贸易口岸，也是四大名城之一。再下来便是成都，唐代的成都天下闻名。最后一座名城在后来有些衰落，那就是丝绸之路上的重要节点之———敦煌。"敦煌"二字本就是明亮的意思，一个城市定然要商业繁盛才能有如此美名。所以杜甫说成都是"喧然名都会"。杜甫一家，在天快黑的时候才一步步走进城里，看见了城中的繁华景象，并称赞成都不愧为当时全国最有名的城市之一。那是一种怎样的繁华？这里的人不仅能吃饱穿暖，娱乐业也发展得很好。音乐声飞扬，箫的声音里还兼间着笙与簧的声音，这是乐队在演奏，乐声喧然，是从某种娱乐场所传出来的，还是从达官贵人的深宅大院中传出来的？

然而，如此美好与繁华的成都，却让远来的杜甫感到无所适从。"信"是"确实"的意思。他说："这里确实很美啊，但与我一个颠沛流离的人有什么关系呢？"杜甫拖家带口来到一个新城市，周遭的人在奏乐喝酒，可是他一家人风尘仆仆的，连到哪儿去投宿都不知道，所以"无与适"。他甚至更想不到该怎么去适应这个新地方的新生活，于是不由自主回身去望来路，望故乡，望身后流淌的江。看江，又看江上的桥。"梁"不是山梁，是江上的桥梁。"侧身望川梁"这句话与前文"大江东流去，游子去日长"相照应，有回环往复的效果。进城后的杜甫感觉到，他不属于这个城市。可能很多人都有这样的经历：当我们去一个陌生的城市、陌生的国度，乍然间听见周围的人都说着陌生的语言，就算这里再辉煌，再繁华，但终归"此乡非吾乡"。不适应是有的，片刻的忐忑也是有的。更何况杜甫是在逃难之中，不同于旅游，所以他的忐忑之情一定更加强烈。

在这里，杜甫化用了王粲《登楼赋》中的"虽信美而非吾土兮，曾何足以少留"。这句话是说，登上一座高楼，在高楼上俯瞰，景色确实很美，但不是我的家乡，那我留在这里干什么？当我们知道这个典故后，代入体会，就能感受杜甫"信美无与适，侧身望川梁"所表达出的更真切的情感波澜。古代有人表扬杜甫，说他随便写一句话，哪怕是大白话，背后都有典故，叫作"无一字无来处"。不然他怎么号称"读书破万卷"呢？用典能使情感更深沉强烈。

杜甫继续写眼前之景，天很快就要黑了，鸟雀纷纷投向林间的归宿，但是，他的家乡，他在中原陷于战乱的老家却望而不见。

杜甫没有惆怅太久，从诗的第三段开始，他再次对眼前情景进行描写。

初升的月亮还不太高，也没有那么明亮，所以还能看见星星在争相闪烁。对比前文的"喧然名都会"等字句，明显能感觉到热闹的景象变得有些凄凉。很多诗人都是根据自己的情绪变化来为诗选景的，所以我们读写景的诗句要体会诗人在其中蕴含的情感。

杜甫虽然被贬，被迫弃官流浪，心中却怀有强烈的家国情怀，所以这一联里还暗含了另外一层意思。

755年安史之乱爆发，杜甫颠沛流离的生活就此开始，他到成都是在759年的年末，安史之乱已经爆发四年了。在这几年当中，他写的几乎全是悲歌。《悲陈陶》《悲青坂》《哀江头》及"三吏""三别"，都是写战争带来的苦难和破坏。这个时候，唐玄宗的儿子李亨继位为唐肃宗，跟安禄山、史思明的战争还未分胜负，双方在洛阳一带打得不可开交，死伤无数。所以"初月"也是暗喻新皇唐肃宗，"众星尚争光"则是指代那些叛乱的人就像星星一样，只要月亮再升高一点，再光芒四射一点，就能把那些星星的光芒掩去。这两句话既是眼前景，同时又暗示战乱时期国家政权的强弱变化，含蓄地表达出他希望国家势力强大的寄托。"初月出不高"，已经看到一点胜利的曙光了，但是这光芒还不够强大。那些叛乱者的气焰，还没有被彻底掩去，还没有彻底湮灭。

最后两句诗是杜甫安慰宽解自己：因为各种各样的原因长期在羁旅中的人自古就有，我何苦如此哀伤呢？"羁"表示被什么东西束缚住了，"羁旅"也就是将人困在了流离当中。没有人安慰他，只好自己安慰自己。

《成都府》这一首诗，既是写成都，又是写杜甫自己。他写了如何初见成都，远望与近观。成都的外面，成都的里面，伴之以他一波三折的感情变化。

在中国诗歌史上，杜甫的《成都府》不是第一首写成都的诗，在此之前的李白写过《登锦城散花楼》等，当然也不是最后一首诗，此后还有岑参、陆游、范成大等人写的成都诗，但却是成都第一次以这样一种全景式的形象出现在中国诗歌里，进入诗的美学史。

九天开出一成都

在这里，我不只是和大家一起欣赏古诗，还要借杜甫的成都诗来梳理成都的历史。

首先就要清楚杜甫到成都写的第一首诗，为什么诗题叫"成都府"。

在古代，巴与蜀就是四川盆地的两个区域。公元前316年，秦惠文王派司马错、张仪等人讨伐巴蜀，灭掉了古蜀国的开明王朝和东部的巴国，占领了四川盆地，随后以成都为西部四川的中心，建立蜀郡。东部四川，则是巴郡。当时成都是蜀郡下面一个县，叫作成都县。到了唐代，尤其玄宗避难入蜀之后，成都的地位越来越重要，就升格为成都府。由此可见成都府是一级真正的行政机构。

扬雄在其《蜀都赋》里写道："尔乃其都门二九，四百余闬。两江珥其市，九桥带其流。"

"闬"本是指街巷的大门，古时城市单元叫里巷，每一里巷都有一道大门，方便管理。也可泛指街巷。汉代时成都有四百余个里巷。"二九"也就是一十八，有十八个城门。"珥"是耳环，这里引申为环绕。扬雄这句话是说，汉代的时候成都有十八个城门、四百多条街巷，还有两条江环绕，江上还有九座桥。李白的《登锦城散花楼》里的最后一句"春江绕双流"，也是在描述春天的两条江江水如带，环绕着这个城市流淌。

这就涉及一个问题：成都城是什么时候有的？

从金沙遗址被发掘以后，有很多爱成都的人喜欢说："一年成邑，二年成聚，三年成都。"如果从金沙遗址算起，成都建城已有约三千二百年。但是，至今没有找到那约三千二百年的城墙以及其确切的文字记载。原来的古蜀国开明氏的都城到底在什么位置，是什么状况，也并不十分明确。

有文字记载的成都建城史，是前文提到秦惠文王派张仪、司马错灭了蜀国，然后建蜀郡，在蜀郡又建了三个城：成都、郫和临邛，三座城互为掎角，互相守望。这个时间是在秦灭蜀的五年后，公元前311年。

成都城就是蜀郡治所的所在地。《成都府》里说"曾城填华屋"，杜甫为什么看见"曾城"？因为成都从建城开始，就是两座紧挨的城，一个叫大城或者太城，另一个叫少城。杜甫在《江畔独步寻花》诗也写到过"东望少城花满烟"，所谓少城就是小城。大城是驻扎军队跟官方机构所在的地方，没有闲杂人等，百姓们就生活在少城，集市商业也集中在少城。唐代长安城，它的市场就在这个城的东边跟西边，位置是固定的，对长安城的人来说，想要购物不是去东市，就是去西市，这也就是"买东西"一词的由来，"东西"其实是原来市场所在的位置。成都城则是大城在东，少城在西。

秦代筑成都城，大城跟小城相邻处共用一道墙，远看就是曾（层）城。这样一来，扬雄的"尔乃其都门二九"就说得通了。秦汉时代，因为少城与太城的一面墙共用，所以两个城各有三个面，一个面开三道门，也就是一个城开九个门，二九就是十八个门。曾城还有一个意思，过去的城墙，不是我们以为的砖墙、石墙，大部分都是夯土的。成都真正开始用砖做城墙，是唐末，一个叫高骈的人任节度使的时期。大规模用砖应该已是宋明时代。成都之所以要种芙蓉花，就是因为城墙是土夯的。成都雨水多，土墙淋多了雨就会坍塌。古人曾试过在城墙上盖顶防雨，但也不能把整圈墙都盖上顶。在五代十国时期，蜀人发现芙蓉花的根可以扎得很深，于是在城墙上遍植芙蓉，依靠其发达的根系把土固定住。但这还不够，若只有一道土墙，很容易被敌人攻破。所以还要在土墙外围再筑一圈矮一点的墙，叫羊马墙，表面上是防止城外的牲畜进来，其实是阻止骑兵冲击。

岑参的《陪狄员外早秋登府西楼，因呈院中诸公》里就有一句："车马隘百井，里闬盘二江。""闬"就是门的意思，说车马很多，把上百条的街道都塞住了，每一条巷子的门到了晚上就关上了，外面绕着的是两条江，即今天的府河和南河。成都城边原来没有江，这两条江哪里来的？是修建都江堰的时候挖出来的河流。成都筑城在先，再往后三十五年，秦城新的蜀郡守李冰才开始修筑都江堰。具体时间是公元前276年，到公元前251年完成，又用了二十五年时间。西方人说，罗马不是一天建成的。成都也是这样，先有成都城的城，后有绕城而过的两条江。

现在是2022年，这座从有城池起就叫成都的成都城，其建城史确实已经有二千三百三十三年了。距杜甫开始写这座城市也已经有约一千零七十年。

最早的成都城,要找到一块砖一片瓦都不容易。

这座城市是活在不断的建造里,更重要的是,这座城市是活在历史的记录中、诗人的歌唱里。

一座城市,只有跟历史与文学、现实与艺术联系起来,才得以见到其生命的滋生,其传统的建立。近代以来,历史面貌的恢复,历史真相的揭示,除了已见于典籍记载的文字外,更多依靠考古发现的证据来支持。而这些证据,又多是可以跟文字互相证明的。比如,在四川盆地,三星堆挖掘之前已经出现过一些图形文字,但因不能连缀成文,也就无从释读。考古学家和很多文化人最大的期待就是在三星堆发掘中发现古蜀时代的文字,但是,迄今为止,还是什么发现都没有。没有文字记录,古蜀文化的描述和阐释就有相当困难,而以后就相对容易,是因为有了文字的记录。杜甫的诗笔也是一种可靠而且生动的记录。所以,对人类文明来说,文字是最重要的。

因此,语言和文字是人跟动物最本质的区别。一般来说,大家说是使用工具。但我觉得是使用语言,再在语言的基础上发明文字,才是人与动物之间最本质的分别。能创造并使用语言,尤其是文字,互相交流、总结经验、抽象思考,这才是真正的人。

德国哲学家海德格尔关于语言是什么,说了两句话。第一句:"语言是存在的家园。"这句话如果让我来解释,那我会说:没有被语言言说过的东西,没有被文字记录过的东西,就不存在。没有被记载的历史会消失。没有自己书写过,没有被文字记录过的人也会消失。比如，我们能够肯定殷商的确存在，就是因为有甲骨文在卜骨与龟甲上的文字记录。海德格尔的另外一句话说："语言破碎处，无物存在。"前面我们讲的成都城的历史，也是网罗了各种文字材料，加上现有的考古文物的佐证，才能证明。不然的话，这历史就无从建构。

所以语言是重要的，文字更是非常重要的。换句话说，历史是非常重要的，言说是非常重要的，表达是非常重要的，记录是非常重要的。记录就是见证。什么是永恒的见证？除了语言跟文字，很少再有什么别的东西能提供更牢固的见证。所以一个事物，一种存在，你没有书写它，它在这个世界上过一百年、一千年，就不存在了，即便是座看起来坚不可摧的城市。但一旦书写了，记录了，它就永在了。

语言文字看似是个虚的东西，但它其实是一个实在。古人很少从这方面去领会它，没有对语言文字进行系统的哲学性思考，但他们也从诗里得到一些启发。一个明代的四川人叫李长祥，做点小官，也有学问。他读了杜甫在四川写的诗后，是这样表达的："少陵诗，得蜀山水吐气。"他认为，是四川的山水成就了杜甫。杜甫年轻时候，裘马轻肥，遇到了安史之乱，写了一大批如"三吏"、"三别"、《哀江头》、《悲陈陶》这样的现实主义诗作。但是从古到今，诗歌界普遍认为，杜甫从入川以后，才真正进入他诗歌上的成熟期。杜甫在他五十九岁时过世于湖南，在他生命的最后十年里，有八年以上的时日是在大四川的范围度过的。他艺术上的成熟、思想观念的成熟、关于诗歌理论的成熟，都是生命最后这十年实现的。李长祥说得对，得蜀山水，杜甫扬眉吐气了，不是浮于表面的扬眉吐气，是他找到了审美的精髓——诗歌如何与自然结合，如何与生命结合，如何与自己的人生际遇、家国情怀结合。李长祥接下来这一句话更为重要："蜀山水，得少陵诗吐气。"这就是为什么我们要讲成都的文化、成都的诗意，如果没有杜甫诗，就没有办法讲，就有很大的缺失。是杜甫，给蜀地独特的自然山水、人文历史定下了调子。

杜甫写蜀地自然山水的诗有《春夜喜雨》，有"窗含西岭千秋雪"，有"城中十万户，此地两三家"，有"玉垒浮云变古今"；他写成都人文的诗是《野人送朱樱》，是"肯与邻翁相对饮，隔篱呼取尽余杯"，是"故人供禄米，邻舍与园蔬"，是"但逢新人民"……直到后来，他离开成都，还在写"回首锦城一茫茫"，因为在他看来，再没有哪里比成都更好了。为什么今天我们可以随口而出"门泊东吴万里船"这样的诗句？为什么大家从小就会背诵《春夜喜雨》？这说明大家对杜甫诗有高度的认同，对杜甫笔下的那个成都有高度认同。这就是语言的魅力，这就是文字的力量，诉诸抒情写意的审美，诉诸思想与情感。

物质主义时代，消费主义时代，经常有人问，文字是什么，文学是什么，文化是什么。我也经常反问：钱与物质很重要吗？当时是很重要的。但长久发生作用的，是物质还是文化？谁家还在使唐代的钱啊？但是我们在认唐代传下来的字，我们在读唐代的诗。谁家还在承袭唐代的官职，住着唐代的祖宅？肯定没有了。钱财不会留下来，官职不会留下来。我们中国是靠什么延续至今的？靠文化。文化是抽象的东西吗？今天有些人把"非遗"搞得很庸俗，搞个锅盔也是文化，搞个肥肠也是文化，但那些就是习惯而已。尤其宣扬成都"来了就不想走",为什么?就是吃麻辣烫和火锅?不是说火锅不能吃,但天天说这些又有什么意思?这也就是我要来讲杜甫成都诗的意义、用心所在。我生活、工作在这座城市,我爱这座城市。这也是一种爱的表达。

锦城丝管日纷纷

如果说《成都府》写的是杜甫初见成都、初入成都时,在行动中的观察记录以及在此过程中的情感变化,那么杜甫的《赠花卿》与李白的《上皇西巡南京歌十首》则是更大而化之的对成都的描写,也是被更多人熟知、被更多人喜欢的两首成都诗。那我们就来对比着看看《赠花卿》与《上皇西巡南京歌十首》(其二)。

赠花卿

锦城丝管日纷纷,

半入江风半入云。

此曲只应天上有,

人间能得几回闻。

上皇西巡南京歌十首(其二)

九天开出一成都,

万户千门入画图。

草树云山如锦绣,

秦川得及此间无。

我要讲的一个概念叫"误读"。

今天大家说到这两首诗，都视为对成都的赞颂与歌唱。古人评价这两首诗，却都说是有一点讽刺跟劝告的意思。

先来看《赠花卿》，那时候，成都有一个将军叫花敬定，这个人打仗厉害，同时也很残暴。初到成都的杜甫生活很困难，只要有人请他吃饭他几乎都会前往。恰好杜甫是剑南西川节度使严武的好友，因此节度使的部下也都愿意请他吃饭。花敬定摆宴席，常请乐队助兴。古代等级森严，各品级官员该穿什么样的衣服，住什么样的房子，家里奏乐可用几人的乐队，都有严格清楚的规定。超过这个规定，就叫违制，会受到惩处。可是当时的成都是比较偏远的地方，加上安史之乱，连皇帝都处于"初月出不高，众星尚争光"的境地，所以，礼制就不被那么严格遵守了。那么，花敬定也算是个小小的众星之一吧，所以他家里大宴宾客时的乐队也超出了编制。杜甫说的"此曲只应天上有"是何意？这是隐晦地说这是皇宫里才能有的曲调。表面是在歌颂，其实是对花敬定的讥讽，甚至是劝告，说他逾越礼制了。

所谓误读，是指不同的人拿到相同的文字，都能读出自己的意思来。花敬定没有理会杜甫的讽刺，我们也没有理会这首诗的讽刺意味。当下成都正在创建音乐之都，很多人都会来上一句："锦城丝管日纷纷，半入江风半入云。"在许多场合下，这些诗句反而因人们的误读而恰合时宜。可见，误读在有些时候也是必要而合理的。

同样的，李白写《上皇西巡南京歌十首》时，是安史之乱爆发后，唐玄宗逃难到了成都，短暂地将成都作为首都，并改名为南京。李白那时不在成都，而在庐山隐居，他听说后，就想起故乡四川，写了《上皇西巡南京歌十首》，每一首四句。其中第二首有两句广为流传："九天开出一成都，万户千门入画图。"说成都是上天所赐，是从九重天上降下来的，不然怎么会这么好这么美？他还安慰唐玄宗，北方天寒地冻，还有黄土高坡，而这里"草树云山如锦绣"，八百里秦川哪里有这里漂亮？你就安心在这儿当太上皇吧！但其实这时候唐玄宗已经在回去的路上了。

在今天，"九天开出一成都，万户千门入画图""锦城丝管日纷纷，半入江风半入云"都经常被人们引用来赞颂成都的美好丰饶，大家也不知道其实诗人原来是在讽刺、劝诫，因此产生了误读。误读到底好不好？当我们将诗的时代背景抽去，就用诗词表面的意思来歌颂成都，也未尝不可。

所以你看，有了蜀山水，杜甫得以吐气；有了杜甫的诗，蜀山水也得到了生命。就这样反复言说，让杜甫诗歌与成都的历史事实，与成都的自然山水，与成都的人文景观相遇往返，才成就了我们的唐诗世界，成就了杜甫的成都诗，成就了杜甫诗中的成都。

（原载《阿来讲杜甫成都诗》，四川人民出版社，2024年4月版）

阿来，中国作家协会副主席，著有《尘埃落定》《空山》《云中记》等。

梁漱溟的命书和批语

◎ 张文江

在整理潘雨廷先生（1925—1991）遗稿时，有两张订在一起的小方纸，引起了我的注意。小方纸由潘先生亲笔抄录，写满正反两面。其中一张是为某无名人批的命书，另外一张是被批人自己对命书的批语。内容如下：

其一：

光绪十九年九月初九日申时生

		禄	丙	偏印				
			戊	比肩	四岁	辛酉		
正财	癸巳						戊庚拱己	庚壬拱辛
			庚	食神	十四	庚申		
			丁	正印	二十四	己未		
偏财	壬戌						戊子拱亥	
			戊	比肩	三十四	戊午		
			辛	伤官	四十四	丁巳		
日主	戊子						申合巳	巳刑申
			癸	正财	五十四	丙辰		
			戊	比肩	六十四	乙卯		
食神	庚申		庚	食神	七十四	甲寅		
			壬	偏财				

037

贵造阴男命，大运逆行，由出生日时计，至是年八月二十九戊寅日巳正一刻十四分寒露节，共九日三时余，折除为三岁一月，出生后满三岁又一月换运。每逢丙、辛年十月立冬后交脱。

贵造戊坐子上，建禄于巳，支中藏有正偏二印及三比肩，可谓身旺。足徵身体虽不十分强壮，却少疾病，精神健旺，能耐劳苦。（按：着重号原有，下同。）贵造以庚为食神，坐于申禄之上，长生于巳，以壬癸为财，柱内有子为癸之禄，戊子拱亥为壬之禄。财、食旺，柱中不见官煞，自是食神生财格，所谓食神生旺胜财官也。一生淡泊宁静，不求富贵利禄而衣食自丰。四柱中除日干月支外，全属金水，可谓金水相涵，光照四表，声名扬溢，华实并茂。文章道德，超越群伦。四柱既不见官煞，而庚壬拱辛为伤官，丁卯极为微弱，财虽旺不能生官。如是生性不喜做官，而勤于学术研究，勇于社会服务，纵有独当一面之局，亦不长久。而居师宾之位，则处之泰然。柱内财旺本主多财，然支中所藏比肩太多，戊庚拱己为劫财。如是赋性慷慨，不解（按：纸片止于此，以下阙。"不解"后，推测可能是"经营""理财"之类字样。）

其二：

此为我算八字者，回忆当是友人熊十力先生所介绍（熊先生持我八字交人去算的），已忘其人姓名。算命看相，我向不喜为之，然自己亦非无偶一为之之时。看相高手莫如卢毅，一度遇于香港。向其请教，卢忽立起，审视我头顶发际，然后坐下叹曰：

"君有出家人之相，但脑部斜出一纹，转归学术界矣。"其他不置一词。又成都有相士陈公笃者，曾一（按：此处空白，阙一字，推测可能为"遇"字）之。陈当下书写一纸为答，其中有句云："志大而心小，劳倍而功半。"自省我一生奔走国事的经过，不禁为之叹服。又抗日战争初期随政府退守武汉，晨起散步，路遇一相士家，听其谈话不少。其言之可记者，有如下三点：一、君非寻常人，有合于相法中古、怪、奇三个字之古字。一生既不居于人下，亦不居人上，虽国家元首亦且平起平坐，身居客位。二、一生免于水火刀兵一切凶险灾难之事，纵有危难，亦到不了你身上，化险为夷。三、名闻素著，而且垂名于后世……此相士居住汉阳门胡林翼路路东一巷内，门前标名醉醒居士，未详其姓字。

一九七七年二月五日

两张方纸都未署姓名，第一张已然不全。我非常好奇，那个人到底是谁？居然由潘先生亲笔抄录其命书。查考命书的受批对象，最初排除的是潘先生本人，因为出生年月和生平行事对不上。此人也不可能是潘先生的父亲，因为身份也不相合。观其批语，时有惊人之言，如"熊（十力）先生持我八字交人去算的""自省我一生奔走国事的经过""虽国家元首亦且平起平坐，身居客位"云云，绝不可能是在历史上没有留下踪迹之人。搜寻范围可以大致确定，为潘先生师长辈中的有名人物。虽不至于大海捞针，却疑冰莫涣，一时竟无从着手。

2007年某一天，友人林国良、陈克艰来访，交谈中忽然受启发，想到此人是否为梁漱溟？生日、时辰、行事、语气皆相合。

于是进一步查考，确定此人就是梁漱溟先生（1893—1988），所附的批语是他的佚文。两页方纸，其一命书，其中记载的八字，可供术数研究者参考；其二批语，可观察有修养之人怎样看待术数之学。

我找来《梁漱溟全集》（山东人民出版社，1993年第1版，2005年第2版）核对，果然若合符契。此命书和批语与他的生平思想完全相应，有关的内容反复出现，主要在卷七、卷八中：

《自叙两则弁于年谱之前》："我以光绪十九年（西历1893年）九月九日生于北京。"（卷七，401页）1977年8月19日，梁漱溟致胡应汉信："我的八字如下：癸巳、壬戌、戊子、庚申。据此批算者颇符合事实。但他谓我寿止七十四，便不对。不对之中却又是对，盖恰遭'文化大革命'，被红卫兵抄家甚惨也。弟试据此八字再核算看如何？""卢毅庵先生往年曾相见于香港，距今三十余年矣。乞弟代我致候，致敬。"（卷八，221页）

观手边命书所批，正是批算至七十四岁，应该就是此信所指之文。信中提及的"卢毅庵"，应该就是批语中的"卢毅"，少一"庵"字，是否脱漏，暂且存疑。民国时有著名相士卢毅安，应该是同一个人。卢为广东人，师从康有为，留学日本时学习相术，交游广泛，1971年在美国去世，梁当时还不知道。批语中提及的陈公笃，梁漱溟也有专文记述。

此文为《记成都相士陈公笃》（1979），其中对"志大而心小，劳倍而功半"有解释："余一生奔走四方，从不为身家之计。在河南、在山东，致力乡村运动，生活视城市任教大学，远为艰苦，至于出入敌后游击区域，其艰苦更不待言；但功效则甚鲜。只自身受锻炼耳，无功足录也。又何谓志大而心小？志大一层无待申说，心小一层自知甚明。例如我一生不知做了多少公开讲演，讲词内容每多相同，无须预为准备；但约订时间后，即不能坦怀休息，临午睡即不能入睡矣。每诵明儒王心斋先生诗句：'人心本无事，有事心不乐；有事行无事，多事亦不错'；自愧心胸窄小矣。"又言："此相命家其后竟以日寇飞机投弹被炸死，是可伤也。"（卷七，485—486页）

梁漱溟和美国研究者艾恺的访谈中，也提及此事。有一处大致说："按照中国的话，叫作'算八字'（笑）。有一个我现在还存着，按照我的八字，他就算出来你某一年怎么样，算到74岁，他底下不说了。看他文章写的意思，是说74岁以后没有了，可是我现在已经80好多了。应当不对吧？还是对。74岁这一年是1966年，8月24日抄家。那一次在命运上很不好，受大的打击。"（《这个世界会好吗？——梁漱溟晚年口述》，[美]艾恺采访，东方出版中心，2006，143页）

还有一处大致说："过去给我算命的人，有说我活六十几岁的，他写的那个批评我没有存留了，现在存有一篇是算我到74的，后来还有算的，算我可以到94。说我到94的有两个人，我也不晓得对不对，他们两个人也没有商量。"（同上，247页）

此次访谈发生在1980年8月，内容和1977年8月的书信相合。现在发现的这份命书，应该就是梁漱溟算到74岁的自存本，由梁本人拿给潘先生看，潘先生再抄录保存。前引梁致胡应汉信中说："弟试据此八字再核算看如何？"再核算至94岁的二种批命，其中之一当来自此。胡是香港人，梁的追随者。根据梁的日记，另外一种出于史廉揆，1978年12月13日托人持来（卷八，1097页）。史廉揆（1907—1984）是易学研究者，早年跟从李证刚、梅光羲学习佛经和《周易》，还受到欧阳竟无、王恩洋的指导。

梁漱溟本人和潘先生的关系如何呢？查考《梁漱溟日记》，其中有潘先生活动痕迹，试摘录数则：

1978年9月26日："早起略进食，即偕同袁昌赴功纯家会谈。座中有潘禹廷新从上海来，星贤、松安等均到，十一时散会。"9月27日："阅潘著《易经与唯识》。"10月3日："早起进食少许，维博来，同去刘家与卢、潘、袁、王会谈。"10月10日："重阳节我生日。早起略进食，星贤、虹叟、维博来，同车去动物园，功纯、田镐及潘君同车（惜卢松安未到）。游香山公园、碧云寺、卧佛寺，进自备干粮，竟无茶水可得，饮啤酒代之。返城内，到家已午后三时多矣。"10月17日："早起星贤来，偕往功纯家会谈，坐中有潘、卢及田镐共六人。"10月20日："午后访星贤，巧遇刘、潘，当付还其书，又留下卢书于贤处。"10月22日："游颐和园而归。知刘功纯及潘、阎三人来访我，又赠我好墨及笺信等。"10月24日："早星贤来，伴去功纯家聚谈。潘将回上海，功纯因等候一友从美国来，暂不走，且约下周二聚于我家。"1979年8月1日："午后星贤来带到上海潘禹廷信件，容转袁昌。"又，1980年8月25日前："收上海潘禹廷《易经》稿。"

这里的潘禹廷就是潘雨廷，为什么雨写成禹，可能是梁漱溟的笔误，也可能是排印时手民误植，雨和禹音形皆近。"阅潘著

《易经与唯识》",应当指潘先生的《易与唯识》(文见《易与佛教、易与老庄》,上海古籍出版社,2005)。日记中功纯应该是刘公纯(1900—1979),山西人,熊十力和马一浮的弟子,此时住北京的儿子家中。1979年3月15日,梁在日记中记录了刘的病逝。3月18日,又提及他平静如生时。潘先生1955年师从马一浮时认识刘公纯,1956年又因为刘的介绍师从熊十力。两人来往密切,潘先生常赴杭州和他畅谈,是脱略形骸的忘年交。

我见过刘致潘一封信,对《坛经》中的卧轮禅师偈有所不解,为此询问潘的看法,并通过他了解程老(程叔彪)和顾先生(顾康年)的意见。信末仅署月日而未署年,根据情况判断,当写于1974年或1975年。卧轮偈:"卧轮有伎俩,能断百思想。对境心不起,菩提日日长。"慧能偈:"慧能没伎俩,不断百思想。对境心数起,菩提作么长?"确为《坛经》关键之一,有心于禅法者,当深入参究之。

即使在"文化大革命"的严峻形势下,潘先生和他的师友们也没有停止商讨学问,是那个时代中不为人所见的特殊风景。程老即程叔彪(?—1981),亲近诺那(1856—1936)和虚云(1873?—1959)等人,修习禅密净,著有《无门直指》。顾先生即顾康年(1916—1994),范古农弟子,深明唯识和禅宗,有《骊珠集》传世。潘先生结识梁漱溟,应该是通过刘公纯的引介。梁漱溟赠送潘先生《人心和人生》手稿抄本,1977年1月,潘先生读毕后有诗记其事。

日记中提到的袁昌(1909—1990)即袁鸿寿(虹叟也是他),文史学家、医学教授、藏传佛教修习者。田镐是田慕周,长期为梁漱溟做事，梁的很多稿子由田抄写。星贤是王星贤，山东人，熊十力和马一浮弟子。维博指陈维博，王星贤弟子，又长期为熊仲光做事。卢松安（1898—1978）是藏书家，尚秉和弟子。他收集历代《易经》一千五六百种，邀请潘先生帮助他整理。他们是读书人，彼此情意深厚，一聚再聚，一谈再谈，所谈的是中国几近失落的传统学问，关心的是天下大事。其时正当"文化大革命"结束，万象复苏的解冻季节，梁漱溟在重阳节和几个学生友人共同出游，一起过八十五岁生日，感情是和谐的，气氛是融洽的。他们在香山卧佛寺的留影，至今尚存（见《梁漱溟日记》卷首24页，潘雨廷《诗说》修订本卷首）。

我当年随侍潘先生时，潘先生常常会提到梁漱溟（称为"梁先生"），语气很敬重。对熊十力和梁漱溟为学的分歧，也有所评析。潘先生生平不写日记，有时到外地去，会写一些流水账之类的备忘笔记。选录一段和梁漱溟有关的：

一九八三年三月十六日。上午十时二十分抵北京，乘地铁至梁老家，放下行李，至史老家午餐。下午至梁老处聚谈，谈及彭诒孙事，与杭辛斋是郎舅，常谈《易》。梁老是彭办启蒙学校的学生，彭办《启蒙画报》为儿童报刊，《京话日报》为居民所读，《中华报》系文言文学者所读，间谈政治。杭记"袁杀康所派之二人（在京设照相馆，欲与光绪通消息，被发现）"即封报纸，杭驱逐出境。彭充军新疆十年，到期后仍回京，其女为梁老之长嫂。至师大住小红楼一号二楼3-3，与章太炎孙念驰同住，晚曹建来。十七晨黄老来，赴姜老太处午餐。中华书局未遇，至熊幼光家晚餐。十八日上午往师院林书煌家,下午开会。十九日中华书局洽成,仲光处午餐。北海休息一小时,晚访启功,林夫妇、曹、杜四人来。二十日参观毛主席纪念堂。下午访陆老仲达,虞老愚,史老廉揆。晚李燕、王健来。二十一日访何奇遇胡老,回校时访王力军。二十二日早往天坛。访冯师志强。下午访黄老念祖,赠《净土资粮》,畅谈殊洽。访杨文园未遇。通信湘潭。晚八时,车送北京站。

此次赴京,一、对吴承仕生平有进一步了解,对遗著当力有所及为之整理。二、中华书局已约定三书,又为湘潭介绍。三、熊师生平又能进一步了解。姜老太盖不同。仲光师姐之功夫,亦有所理解。世俗之争殊无谓。四、梁师书题签,亦一机会。五、史老体尚健,然已未能深谈。六、新遇胡老福生,及李燕有发展。七、尚老病故。

抵北京先到梁漱溟家放下行李,然后再去他处,两人如果交情浅薄,绝无可能。所谈及彭诒孙事,《全集》中亦有记载,其事迹可见卷七《记彭翼仲先生》(75—103页)。又《我的自学小史》五有论彭专节(见《我生有涯愿无尽——梁漱溟自述文录》,中国人民大学出版社,2004,13—17页)。还有多处谈及彭,不再详细摘录。彭诒孙和杭辛斋参与了清末民初的救亡活动,是中国最早的报人。至于谈及杭辛斋,潘先生当有所补充。

杭辛斋(1869—1924),浙江海宁人,民初开创新风的大易家。生平特立独行,有志于国事,极富传奇色彩。在狱中遇异人而学《易》,有些像现代的基督山。他和潘先生的老师杨践形

（1891—1965）有亲密的关系（参见拙稿《杨践形著作集》序）。1925年，杨践形撰《学铎社丛书》，第一种是《易学演讲录》，卷首用杭的题词"易学渊镜"，并刊载杭与杨的来往信件数通。杨践形组织"学铎社"，以整理国故，振作民德为宗旨。"学铎"当取《论语·八佾》"天将以夫子为木铎"之意，以期警醒世人，启发民智。杭辛斋于杨所编的《学铎报》刊载《说无》。杭致杨的信中说："《周易指》阅竟乞付还，并望面析疑义，以资切磋。"由此知两人的结识，尚在此年之前。仔细阅读这些信件，杨和杭之间，最早的通信应该始于1917年，最后一次见面在1923年秋。1924年1月，杭就逝世了，终年55岁。

于清代易学，杨最爱的是焦循《易通释》，而杭的启发，使杨通晓了端木国瑚《周易指》。两人相交，有抵掌谈《易》之乐。杨回忆说："辛斋先生时寓沪上霞飞路仁和里，余每过其门，必入纵谈，乐其说娓娓动听，有时竟夕不倦；幸洋场十里，火树银花，通宵不夜耳。常索拙著易学书看，必圈点眉批以还我。"（《学铎社丛书》，民国十四年铅印本）霞飞路即今天的淮海中路，仁和里往东走几十步是西藏中路，正是上海最繁华的地段。此处离我当年的工作单位相去不远，因为景仰前辈的行迹，我还去那里探访过。

记录中的另一些人，各有其事迹，试略作勾稽。章念驰，章太炎长子章导之子，台湾问题专家，参与整理祖父的著作。黄老是黄念祖（1913—1992），佛教居士，密宗宁玛派传人，也是净土宗大德。姜老太指姜宗坤（1911—1992），修习先天自然功，曹建是她的弟子。熊幼光，熊十力长女。林书煌，北京师范学院物理系教师。启功（1912—2005），书法家，陈垣弟子。陆宗达（1905—1988），训诂学家，黄侃弟子。虞愚（1909—1989），因明学家、书法家，太虚弟子。李燕，李苦禅之子，画家。王力军，术数研究者。冯志强（1926—2012），武术家，陈氏太极拳传人。潘先生习陈氏太极拳，写有《陈氏太极拳初探》，陈鑫《陈氏太极拳图说》"文革"后重印，此文刊于卷首。此处称冯师，当曾从之学。

我所见潘先生用"某师"尊称之人，还有徐颂尧，见潘1979年（？）2月14日致单培根信（"于'文革'前屡访徐师颂尧，惜已仙逝"）。徐为西派传人，汪东亭（1839—1917）弟子，著有《天乐集》。潘先生《读易提要》卷十收有"玄隐外史《易学发微》"，评说此书易学部分（共十二卷）。徐住在苏州，其时的"屡访"，当日不能来回。又，单培根（1917—1995）为佛教居士，深于唯识、因明。杨文园，先后于能海（1886—1967）、正果（1913—1987）处受戒，佛教居士，用功于《维摩诘经》。尚老指尚秉和（1870—1950），著有《周易尚氏学》。熊仲光（1920—2009）是熊十力养女，信仰佛教，又为陈撄宁弟子。潘先生先后到熊家姐妹处吃饭，可见他和熊氏后人的亲密关系。熊仲光于画学的是齐白石，她赠送潘先生自己手绘的水墨花鸟画。熊先生哲嗣熊世菩（1921—1988）在上海逝世时，我还受潘先生委托，代表他参加了追悼会。

潘先生此次赴京，在梁漱溟书信中也有反映。1984年3月25日，梁致田慕周信："潘兄到京晤会不止一次，且一同开会悼念吴承仕先生。""重印熊先生著作事，潘兄尚未谈及。"（《全集》卷八,山东人民出版社,1993,204—205页)。吴承仕(1884—1939)是经学家,章太炎弟子,笔录其师讲学内容,成《菿汉微言》。他本人有关《道藏》的文字,当初准备由潘先生为其整理。潘先生对一切有学问的人都是尊重的,珍惜他们的毕生心血,努力推动遗著的出版。

前辈之间的交往,钩沉仅一鳞半爪,也可略见师友的深厚情意。《论语·尧曰》:"不知命,无以为君子也。不知礼,无以立也。不知言,无以知人也。"整部《论语》以此作结,含意深远。知礼、知言犹行和言,内以立己,外以知人;知命为君子,以达义理之命,当终身致力于此。四柱八字的命学,起于唐李虚中(781—813)或宋徐子平(907—960),其分析邃密谨严,有志于了解个人生命者或可参考,却未必已尽"知命"之蕴。

梁漱溟对此有正确的认识,批语中"算命看相,我向不喜为之",是他主导性见地,不可忽略看过。即使就此两纸而言,也可以解读出不同信息。比如算至"七十四"之说,是"不对之中却又是对",这是受批者所作的调整。又如"弟试据此八字再核算看如何",那是批命者所作的调整。两者都需要经过调整才恰当,已不是原来意义上的对。相命家陈公笃其后竟因日寇飞机投弹被炸死,可见世界上更有其大事,而相命亦未必能免灾。

梁漱溟对自己的人生使命,有着超乎寻常的自信,经历中多次化险为夷。1941年太平洋战争爆发,香港沦陷。梁漱溟乘船回内地,同行的其他船只全遭劫,唯独梁安然无事。梁在写给儿子的家书中,谈及处险境时的心理:"我若死,天地将为之变色,历史将为之改辙,那是不可想象的,万不会有的事!"(《香港脱险寄宽恕两儿》，卷六，330页；据《我的努力与反省》，1987，290页，末句"万"作"乃"）此事此言，令人赞叹，也引人疑惧。还有一件事与此类似，抗日战争时梁漱溟和友人在桂林七星岩，敌机突至并在头顶盘旋，友人大惊失色，梁镇定自若，聊天如常。（袁鸿寿《仲尼燕居——悼念梁漱溟先生》，《梁漱溟先生纪念文集》，中国工人出版社，1993）可见梁的定力已完全融入日常生活，从智慧中修炼而来。说到这里，我想起潘先生讲过一件事，可用来说明梁漱溟的为人，命书中的不解（理财？），当与此参照。在"文化大革命"中，有些友人受冲击而工资停发，生活困难，梁从自己的工资中拿出一部分，每月固定地接济他们，一直到"文化大革命"结束，这些人先后落实政策为止。

梁漱溟本人较完整的想法，表达在《谈乐天知命》（1979）中："即从如上所见而有如下信念：一切祸福、荣辱、得失之来完全接受，不疑讶，不骇异，不怨不尤。（按：着重号原有。）但所以信念如此者，必在日常生活上有其前提：'战战兢兢，如临深渊，如履薄冰'是也。"又云："信得及一切有定数（但非百分之百），便什么也不贪，什么也不怕了。随感而应，行乎其所当行；过而不留，止乎其所休息。此亦是从临深履薄的态度自然而来的结果。"自注："一切有定数，但又非百分之百者，盖在智慧高强的人其创造力强也。一般庸俗人大都陷入宿命论中矣。"（卷七，497页）又，《勉仁斋读书录》"读《了凡四训》后所写评语"："此册所述四禅八定，是佛教和诸外道共有者，但有神通，未出生灭。从事于此，终究未超出三界（欲界、色界、无色界）。此册大量地叙述四禅，却未能阐明佛家胜义，不足贵。佛法传入中国，儒释时如不相妨碍者，学务圆通，遂不免浑乱之病，此册亦其一例。"又云："又此册混和杨、墨于儒，大大要不得。古之学者为己，非为我也。笑话之至！"（卷七，853页）

1985年4月，我持潘雨廷先生的介绍信，去北京木樨地居所访问，和梁先生交谈半天，受益良多。此前我读他的《人心和人生》，并没有特殊感觉。然而见到本人，却深受触动。其人澄澈透明，表里如一，举止中有一种难以言说的美。我生平第一次对前人描述的圣贤气象，有了书本以外的直观印象。回来后和潘先生谈及此事，潘先生说，对于那些人很平常：

> 唐（文治）先生就有此气质，真是望之俨然，即之也温，听其言也厉。看见他，完全想见当年曾国藩、李鸿章的风采。他们读孔子的书，即以此为榜样，生死以之。到老年自然而然化掉，就到此境界。（《潘雨廷先生谈话录》一）

如果没有到达"知命"的境界，大概不可能自然而然地化掉吧。《论语·宪问》："子曰：不怨天，不尤人。下学而上达，知我者其天乎。"又《述而》："子曰：默而识之，学而不厌，诲人不倦，何有于我哉。""知命"之学和命学，同乎异乎？

（原载《探索中华学术》（修订本），上海文艺出版社，2024年4月版）

张文江，同济大学人文学院教授，著有《探索中华学术》《〈庄子〉内七篇析义》《古典学术讲要》等。

腼腆的"门徒"

◎ 杨 志

徐梵澄（1909—2000）是现代学术史的传奇人物，特别是，他长居南印度阿罗频多修道院（Sri Aurobindo Ashram）27年，译出一批印度经典，被誉为"当代玄奘"。但因国内学界对阿罗频多运动了解不多，对徐先生的研究较少运用相关史料。其实，阿罗频多运动是颇具规模的世界运动，开展一百一十余年，有大批著作、日志、档案和回忆录存世，足以还原徐梵澄与运动的关系。

一 阿罗频多运动及其组织

理解阿罗频多运动，首先需理解其精神领袖阿罗频多（Aurobindo Ghose，1872—1950，也译"奥罗宾多"）和"神圣母亲"密那氏（Mirra Alfassa，1878—1973）。

阿罗频多是现代印度风云人物，与甘地、泰戈尔并称"三圣"，七岁赴英受教育，精通希腊语、拉丁语、英语等语，二十一岁归国，投身印度独立运动，成为党魁，同时修习瑜伽。后被捕入狱，据说狱中悟道，出狱脱离革命，一九一〇年避居法属殖民地本地治里（Pondicherry，徐梵澄译"琫地舍里"），著述授徒，传授瑜伽，阿罗频多运动由此始。

一九一四年，阿罗频多结识了第一门徒及精神伴侣密那氏。密那氏原是法国画家，同年随第二任丈夫访问本地治理，结识阿罗频多，后加入运动。她年龄较长，又具才干，很快脱颖而出，成为第二领袖。一九二六年，阿罗频多把院务交她处理，退隐著述，形成以阿罗频多为精神领袖、由密那氏管理院务的二元格局。一九五〇年，阿罗频多去世，密那氏兼任精神领袖和院务总管，一九六八年创办乌托邦曙光村（Auroville，徐译"阿罗新村"），声誉鹊起，直至一九七三年去世。此后运动进入平缓发展期。

阿罗频多学派自视为哲学运动，但有一定神秘主义色彩，更近古希腊哲学和宗教合一的毕达哥拉斯学派，与实用主义、存在主义、结构主义等迥异。这与阿罗频多的思想有关。他以黑格尔"绝对精神"说、达尔文进化论和尼采"超人"说为借镜，以自创"大全瑜伽"（Integral Yoga，也译"综合瑜伽"）为基点，重释印度教吠檀多思想，认为世界本体是先于世界存在的"精神"（"梵"），"精神"逐级下降，变为"超心智"（Supermind，徐梵澄译"超心思"），再变为"心智"（人类），再为"生命"，最后为"物质"；随后再逆向重复从"物质"到"生命"到"心智"再到"超人"的"精神进化"历程，轮回不已。当今之世正值"超人"进化阶段，"超人"有"超心智"，足以达致"梵我同一"；但要拥有"超心智"，则需修习"大全瑜伽"。他希望通过"大全瑜伽"促进人类向"超人"进化，创造一个平等乌托邦，徐梵澄概括为"瑜伽救世"。这也是阿罗频多运动最后创建乌托邦的理论根源。

阿罗频多称自己的学说是 spiritual philosophy，徐梵澄译为

"精神哲学"。印度文明向多神秘色彩，哲学也如此。阿罗频多既是哲学家，又是瑜伽导师，而瑜伽本是实践"梵我合一"的修行方法，故他的哲学和宗教实难区分，行事亦颇多神秘。最著名的神迹，徐梵澄在《阿罗频多事略》中提及，是他在狱中"忽然开悟……忽觉此身上举，略略触及地面，而浮空趺坐者久之，亦未尝用气力也"。徐先生出身儒家，所述已是克制，其他门徒所忆，神迹更多。如果按宗教史来归类，阿罗频多思想，古代可归入广义灵知派（Gnosticism，也译"诺斯替宗教"），近代可归入十九世纪末的"新世纪宗教运动"（New Age Movement）。

密那氏的言行同样具有神秘色彩。她从小亲近神秘学，晚年还尝试"细胞瑜伽"（yoga of the cells），试图达至不朽。去世后，美国门徒阿妮儿（Anie）访谈多位同门，二〇〇四年出版了《金色之路：访谈修道院和曙光村的阿罗频多和母亲门徒》（*The Golden Path: Interviews with Disciples of Sri Aurobindo and the Mother of the Sri Aurobindo Ashram and Auroville*），众弟子对密那氏神秘力量之赞美，不绝于耳。徐梵澄很少语怪力乱神，但回忆密那氏则有数次例外。一次，他左肩风湿，问诊无效，诱发牙疼，与密那氏相遇，对方"猛地一回头，瞪了一眼，一道目光射过来，回去之后，牙也不痛了，臂也不痛了，竟这样奇迹般地好了"。他后来回忆及此，对扬之水说"这目光是一种力，一种巨大的精神之力"。徐梵澄皈依运动，"母亲的精神之力"当是一大原因。

阿罗频多运动有两大组织：一是修道院，二是曙光村（徐梵澄未入住曙光村，本文从略）。关于修道院的组织情况，徐梵澄《南海新光》有介绍，兹不赘述，唯产权及供给制需做补充。《南海新光》称,一切房屋及金钱,均归阿罗频多和密那氏所有,弟子"在任何事物上皆无权利,要求,或发言权。他们皆随他的意思或留或去"。这类修道院模式,"从公元前若干世纪在印度早已有了……一切皆依乎'教师',终其身而止"。中印师徒关系的一大差异,是印度师尊权力极大,甚至超过父母。阿罗频多运动也如此,许多门徒均称对阿罗频多和密那氏的感情胜过家人。阿罗频多和密那氏根据弟子禀赋,派遣他们从事各种工作,众人无不遵命行之。门徒特蜜(Tehmi Masalawalla)回忆:"圣母给我们工作,我们把一切工作献给她。无人质疑此事,这自然而然,理当如此。"与此相应,师尊亦有保障门徒基本生存之责,故修道院施行配给制。据修道院出版的《母亲传》(Mother: A Short Biography),每月第一天是"繁荣日",密那氏给门徒发放每月所需生活物资。徐梵澄对扬之水说:"在印度丢了六块手表。丢了以后,就给法国老太太写个条子,再领一块。有一次她给了我一块很好的表,我连忙退回去了:这是很快就会丢的呀。"(一九八七年四月三十日)邻居则回忆:"母亲偶尔会给居住修道院的人一些'零花钱',先生虽然和其他人一样接受了,但却有些腼腆。"(朱璇:《徐梵澄本地治理廿七年纪略》)

中国以家庭为本位,这种尊师制很难理解,也很难接受。至南印度拜访徐梵澄的饶宗颐就认为修道院"相当于难民收容所"(《饶宗颐学述》)。扬之水也在日记中抱不平:"这位法国(女)人很看重他的才华,但实际上却是将他作'高级雇工'使用的:不开工资,只包一切生活用度。他著了书,出版后,也不给分文稿费,甚至书也不给一本的。"然而,这就是徐梵澄的生活工作情境。

二 参加阿罗频多运动之始终

一九四五年十二月，徐梵澄由国民政府派往印度泰戈尔国际大学中国学院任教，院长为湖南人谭云山，他曾到访修道院，见过阿罗频多。徐梵澄或许是从谭处得知修道院，于一九五一年夏携未来妻子游云山（1912—2004，后出家，法名晓云）访问修道院，计划访学半年后返回香港。

此时，阿罗频多去世数月，门徒悲痛异常，又对前景满怀疑虑，如何继续推进运动，是密那氏迫在眉睫的要务。两人的到来，成了密那氏对华拓展的重要人选。她马上接纳两人，开设华文部，拨给一栋两千平方米法式宅邸为工作室，令他们非常感动。密那氏习惯给门徒赐花，两人收到后均赋诗回谢。徐梵澄回的是两首绝句《圣慈赐一花供之盛开》（一九五一），其一云："居南天竺无何事，花开花好花能圣。我有一花供圣人，圣自无言花自春。"游云山的是新诗："Mother（母亲）！你赐给我的花朵，我想应不是徒供欣赏。从那颜色与芬芳所透露的，不过是最初的一个消息而已。而那后面的潜能，证明你是深深加庇于我了。"不久，密那氏给两人分派工作：徐梵澄译阿罗频多著作，游云山独身回香港，协助创办香港的阿罗频多学会。这个安排或许对两人婚姻产生了一定影响：一九五五年前后，游云山脱离运动，徐梵澄则留在修道院，两人劳燕分飞，再未相见。

此后，徐梵澄在修道院独自生活了二十七年。他跟密那氏的关系，我们可从法国门徒萨特普雷姆（Satprem，1923—2007）整理的《母亲谈话录》窥见一二。

萨特普雷姆也是密那氏选定的阿罗频多译者之一，原是二战法国抵抗运动成员，后至印度加入运动，不但译了阿罗频多著作，而且写有多部关于运动的论著，在欧美颇有影响。他整理出版的《母亲谈话录》，是运动的重要文献。一九六二年十月三十日，密那氏跟萨特普雷姆谈到，徐给她写信，称翻译是"技术活"（mechanical task）。她开始不明其意，随后意识到，把阿罗频多译为中文比译为其他语言难，评论说：

此人是天才（genius）！而且有体悟。我们很少面谈，但我读过他的信。他跟对方说："如果你想要道家体验，径直来此居住，即可亲证老子哲学。"他是圣哲（sage）！

徐梵澄的另一个工作是作画。他会中国画，密那氏也是画家，很欣赏他的画。每逢密那氏生日，徐先生都作诗献画。密那氏首次抵达本地治里的三月二十九日，后是修道院三大节日之一。《徐梵澄文集·蓬屋诗存》今存《花树》（一九五九）和《神圣母亲来印度五十年纪念》（一九六四），即为此节而作。

这说明，密那氏器重徐梵澄；也说明，两人关系并不亲近（萨特普雷姆每周拜谒密那氏，形同母子）。这也符合徐先生的腼腆性格。密那氏大徐梵澄三十一岁。徐梵澄一生甚得师长提携，前半生是鲁迅，后半生是密那氏，无不感激终身，故密那氏交代的任务都竭力完成。他后来跟扬之水回忆当年译事之艰难："白昼伏案，骄阳满室，寓居之墙又为红色，热更倍之，每抬臂，则见

玻璃板上一片汗渍，直是头昏昏然也。"（一九八七年十一月七日）

还要指出，密那氏与萨特普雷姆的谈话发生于一九六二年中印边境冲突期间。这是徐梵澄来印后最艰难的时期。当时，印度出台《国防法》，授权政府可不经法律程序逮捕任何有嫌疑的华人，将近三千名华裔印度人被拘禁于德奥里（Deoli）集中营长达五年之久。徐梵澄承受了巨大的精神压力，饶宗颐于一九六三年到南印度拜访他，印象是"相逢憔悴在江潭"（《佛国集·别徐梵澄》）。他一九六〇和一九六六年两度求去，密那氏都不准，当是密那氏庇护才得幸免。

由此，徐先生对印度当局有负面印象。归国后，扬之水问他："印度好吗？"答曰："不好。在印度有一句话，说是印度只有三种人：圣人，小偷，骗子。"（一九八七年四月三十日）不过，阿罗频多运动并非民族主义运动，许多门徒（包括美国总统威尔逊的长女）皆非印度人，且是精通多门外语的精英。究其原因，一是阿罗频多学识渊博，胸襟宽广，鼓励门徒学习各文明精髓。二是本地治里是法国殖民地（一九五四年被印度法理上收回，一九六二年实际收回），密那氏又是法国人。故他对印度当局的反感，不影响他对运动的忠诚。

居印期间，徐梵澄还参与了密那氏主持的曙光村工程，不但译了曙光村《约章》，且著《南海新光》积极宣传，称："这诚然是一种新底光明，给全世界开辟了无限伟大底将来，正资人类向之迈进。"曙光村开建后，大批欧美嬉皮士闻风而至，入居于此，认为在曙光村降生的第一代即阿罗频多所说"超人"。徐梵澄虽然没入住，但每周散步经过。由此，运动的三大部分——经典、修道院和曙光村，徐先生都是深度参与其中的。

一九七三年十一月十七日，密那氏去世，徐梵澄著《荣哀篇》，"澄依于法座二十有二年，三觐遗容，泪陨如泻"，异常伤心。失去密那氏的支持后，他处境每况愈下，于"文革"结束后回国。但他回国的主要动因，是完成密那氏的嘱托。归国前的一九七八年一月二十九日，他致信另一位参加运动的华人邵嘉猷，谈及译著在印度出版困难："诸人于此——Chinese section（华文部），向例无有兴趣。"同年四月二十日，他致信中国大使馆，称自己之所以不惧"回国而茕独无依"，旨在出版阿罗频多和母亲著作："诚欲假此桑榆景光，付之枣梨剞劂，自谓其身可弃，其书可传。"金克木也对扬之水称："徐要求回国的事……他提的条件就是要在国内出书。经研究后，同意接受。"

徐梵澄回国后出版的著作，主要是阿罗频多和密那氏著作。而他译《五十奥义书》和《薄伽梵歌》，也以阿罗频多思想为圭臬，属于阿罗频多学派"势力范围"。饶宗颐即指出："后来他翻译《奥义书》，用的是阿罗频多（印度一个地区的小型教主）的思想去解释，其实是不符合印度人那一套人生理论的。"他还拜托扬之水帮忙出版阿罗频多语录《周天集》，称"联系了几处（包括香港、新加坡），都碰了钉子"（一九八七年十一月十八日。香港地区和新加坡均有阿罗频多学会，徐先生"碰了钉子"，或是密那氏去世后，运动出现资金困难）。实际上，他在印度出版《母亲的话》，也是自己筹资。归国后，有热心人代他搜辑早期著作，协助出版，他并不热心。但在归国十八年后、年近九十时，他还在为《母亲的话》出版奔走，作序赞美密那氏"超凡入圣"，"由凡人而臻圣境成圣道",临终犹在校《薄伽梵歌论》的最后清样。

徐梵澄此举,在中国人看来是知恩图报;但更主要的原因,还是他自视为门徒,要竭尽全力。法国门徒萨特普雷姆也如此,密那氏死后,他拟整理全部《母亲谈话录》出版,被修道院高层所阻,一九七八年愤而离去(徐梵澄同在此年离开),独自整理《母亲谈话录》完毕,才觉得"我事已毕",从容辞世。两人所为是非常相似的。

三　阿罗频多思想之东传

徐梵澄早年以译尼采著称,阿罗频多受尼采影响极大,密那氏选他来译阿罗频多极有眼光。不过,他译尼采与译阿罗频多,性质不同:译尼采,是生计考虑和鲁迅督促;译阿罗频多,却是门徒使命和运动热忱。

徐梵澄的思想,经历过一个从佛教到阿罗频多派的转向。他早年主儒家,亲佛教,去印度讲授佛学前,还写诗称"儒释待评量"(《飞印度讲学留别诸友》其一)。后入修道院,亲证其学,心悦诚服,最后投入运动。其他门徒也有类似情况。比如,日裔美国人阿米瑞(Amrit)因为是日本移民,二战期间被美国政府拘禁于集中营,从小对人间不平痛心疾首,长大后加入基督教,投身民权运动,但始终不能解脱,转投禅僧铃木俊隆皈依禅宗,还是无法解脱,又从日本转赴印度,最终加入运动。只不过,徐梵澄是从禅宗到阿罗频多,阿米瑞是从基督教到禅宗再到阿罗频多。

徐梵澄回国后,因老友冯至督促,读了一批马恩著作,写下如下一段笔记："阿罗频多，由马克思唯物论观点如何或能否容纳？"原来，阿罗频多视"精神"为本体，反对唯物论，跟马恩有距离，让他颇苦恼。不过，阿罗频多虽然批评科学，却不否定，只是要调和它与"精神"的关系。故徐梵澄最后也接受了唯物论，致信陆灏称阿罗频多"亦与唯物论无所抵牾，可以并行不悖"（一九九四年四月）。有时甚至以唯物主义者自居，如致信扬之水称"我是唯物史观的"（一九八七年五月十日）。

但他最服膺的，还是阿罗频多。一九八三年七月二十七日，他为商务印书馆撰阿罗频多《神圣人生论》简介，称阿罗频多不但超越印度教巨擘商羯罗、佛教诸高僧，而且超越近代欧美的康德、叔本华、弗洛伊德等诸家，只有柏拉图可堪伯仲，"盖其欲起沉沦之学术，救印度之衰颓，用力至深且远"。这个评价，连阿罗频多也不会接受（他对康德推崇备至）。徐梵澄一生谦逊内敛，不作虚言，此话发自肺腑。其实，这类想法在阿罗频多门徒里不罕见，萨特普雷姆即认为母亲如达尔文、爱因斯坦，"是人类秘密的发现者"。

阿罗频多虽然胸襟开阔，但也有自己的思想体系，否则不可能自成一派，故门徒也都是以阿罗频多思想为圭臬的。徐梵澄也如此，他最重要的两部学术著述《孔学古微》和《陆王学述》，都以阿罗频多思想为基础来重释儒家，其实是阿罗频多思想的中国化。《孔学古微》（一九六〇）是他以阿罗频多重释儒家的最初尝试，称儒家的"仁"即超越个体的"精神之爱"（psychic love），即印度教"大梵之爱"，"君子"则是阿罗频多所说的"超人"。三十三年后，又撰《陆王学述——一系精神哲学》（一九九三），选择陆王心学为切入口，"联系中国的理学于印度的瑜伽了，将二者融合，沟通"，"意在双摄近代哲学与宗教原理而重建中国的精神哲学"，但以阿罗频多学派为本位。对此，他并不讳言："鄙人之所以提倡陆、王者，以其与阿罗频多之学多有契合之处。"

徐梵澄被称为"当代玄奘"，两者确有一定可比性：玄奘是佛教徒，传播了佛教；他是印度教阿罗频多学派门徒，传播了阿罗频多思想。国人之所以知道阿罗频多，并有较深了解，皆得益于徐梵澄，修道院亦明确将其列为阿罗频多门徒。近代以来，中国学者往各国留学，成为各国学术大师之门徒者，为数不少；徐梵澄的不寻常，在他加入了一个融汇宗教、哲学及灵修于一体的运动，在其组织中生活二十七年，参与成长，见证发展，竭尽全力，译述其著，促其东传，不能不说是一个特例。

（原载《读书》2023年第12期）

杨志，文学博士，北京师范大学文学院副教授。

清华时代的梁启超与王国维

◎ 王汎森

一 梁启超、王国维与清华国学研究院

关于清华国学研究院的历史，书上或网上的材料甚多，在这里我只想突出两点：第一，从《吴宓日记》看起来，清华国学研究院本身在成立之初宗旨已相当明确，即以现代学术材料研究中国历史文化，所以想聘的导师（王国维、梁启超、陈寅恪、赵元任、李济）都符合这个方向，相对于当时某个名校派人驻在上海，"无计划地在上海乱聘各种名校回来的学生"大不相同。从《吴宓日记》看来，吴宓也很想聘国学家黄节，但黄节不肯，吴宓何以垂青于黄节，我目前还不能解释。第二，吴宓非常明确地反对新文化运动、反对胡适，他的文化态度也招致清华校内新派的攻击。吴宓除了全力办国学院外，同时也全力办《学衡》，《学衡》基本上反对以胡适为领导的新文化运动，所以胡适戏称之为《学骂》。

梁启超的事迹太多，影响太大，几乎每一篇文章都产生大小不等的影响。他的生平资料随处可查，此处不赘。比较值得一提的是在民国肇建之后，梁氏陆续担任过北洋政府的司法总长、币制局总裁、财政总长等工作。但梁启超在欧游回来后，于一九二

〇年创"共学社",决定弃政从学(但实际上对政治仍保持莫大的兴趣)。一九二一年他在南开讲学,一九二二年左右开始避入清华治学,到他逝世的这八九年间,他的学术成绩丰硕。

王国维短短的五十年生涯中,经历非常简单。王国维早年曾在《时务报》担任书记校对,后来在东文学社、《农学报》工作。他早年即深受德国浪漫主义影响,醉心尼采,东渡日本后,入东京物理学校读书,虽然很快即因"旧疾复发"而辍学回国,但是这段时间的科学训练,对他后来治学帮助很大。王国维回国后在通州师范、江苏师范学堂教心理学、哲学、社会学,继而在学部工作多年。至于他的治学生涯,则可以用他的话简单概括为四个领域:西洋哲学(十年)、宋元戏曲文学(五年)、三代制度(十年)、蒙元西域之学(五年)。而他在清华最后的两年多,可以约略归纳到"蒙元西域之学"的阶段。

有一点要略加说明,当时许多遗老认为真学问不可能从现代大学堂出,王国维本人显然对现代大学体制也不热衷。内藤湖南原先曾想延揽王氏入京都大学,后来王国维宁可在哈同花园姬觉弥手下编《学术丛编》,并担任专门撰述(等于写稿维生),也不愿入北大。虽然一度在北大国学门兼任导师,但因北大考古学会联署《保存大宫山古迹宣言》(此文指责宣统帝破坏古迹,王国维非常愤怒,责问北大学生:"大宫山古迹所在地是否官产?抑系皇室私产?"力图为宣统帝辩护),故马上辞掉北大国学门导师,连交给《国学季刊》的文章也借口尚拟修正而抽回。我个人认为,如果不是因为溥仪被逐出清宫,王国维不再担任"南书房行走",再加上胡适请溥仪下诏书要王国维加入清华国学研究院,他可能还是不会进入清华。

清华时期梁启超的著作仍然大放异彩。首先是《中国近三百年学术史》，虽然此前已有成稿，但此时整理成书，基本奠定此后清代学术史的范式。此外，梁氏此时所写的《中国文化史》，一九二六年的《中国历史研究法补编》，一九二七年的《古书真伪及其年代》《儒家哲学》也都卓有影响。

此时王国维一方面仍在发展他的古史研究，发给学生的讲义便是《古史新证》，同时他也在发展新的学问方向，由原先的古史及金石文字之学，转往西北史地、元代历史。此外，他在《桐乡徐氏印谱·序》中提出古代文字有"东西二元"的论点，即东方流行的是古文，西方流行的是籀文。

二　北方政权的崩溃与梁启超、王国维

罗志田教授在《地方意识与全国统一：南北新旧与北伐成功的再诠释》《北伐前夕北方军政格局的演变，一九二四至一九二六》（收入罗志田著《乱世潜流：民族主义与民国政治》，商务印书馆二〇二三年版）两篇文章中，对南北新旧的起伏分析最为深入。大体而言，北洋系统在一九二四至一九二六年之间有一次大震荡，一方面北方垮了，一方面南方崛起。北伐前夕的北方政学格局，是旧人物的最后一刻。在"党国时代"崛起之后，像蒋百里这样的旧精英便被扫到边缘了。而北方崩溃也牵动不少军政或学术人物的政治或生命前景。

在本文一开始，我便提出南、北的新旧政治格局与梁、王二

人生命与学术发展之间的矛盾性发展。王国维未必真的与北方的军政有直接关系。王国维每每提到当时中国是"武夫""党人""遗老"三圈人在活动,并有鄙夷的口气,但是在支持旧文化及同情清王朝方面,北方的军政领导者的态度总是与王国维比较接近。至于梁启超,他对北方军政领袖似乎没有明白表达什么特别的看法,暗中说不定寄予一点希望,故想与南方的党军一拼。不过那时好像要公开说北方的好话会有政治不正确的味道。

在反对南方崛起的党、军方面,梁、王则是一致的。其中还有一种心态,即虽然知道北方的军政格局已经支撑不久了,但仍抗拒南方的"一党专政"。梁启超便有这样一段政论:"北军阀末日已到,不成问题……但一党专制的局面,谁也不能往光明上看……"梁启超的各种公私笔札中,对此都有鲜活的表达。此时,梁启超在军政方面皆倚靠蒋百里、丁文江、张君劢等人,而孙传芳则是他们的靠山。以下我从《梁任公年谱长编初稿》摘引了一些材料,譬如梁启超说:"因为百里在南边(他实是最有力的主动者),所以我受的嫌疑很重。""(百里)他落败当然无话可说,若胜,恐怕我的政治生涯不能不复活。"一九二七年又说:"当前运动——许多非国民党的团体,要求拥戴领袖,作大结合(原注:大概除我,没有人能统一他们)。"所以梁启超深深寄望于孙传芳的势力可以抵拒南方党、军:"若孙胜北伐军败,以后便看百里手腕如何。百里的计划是要把北伐军与唐生智分开,北伐军败后,诛孙、唐联合,果能办到此点,便当开一崭新局面。"

孙传芳后来败给蒋介石的北伐军,对梁启超的政治前景打击很大。

如前所言，我们可以说，一九二四至一九二六年是梁、王二人受到刺激最大的三年，一方面北洋政治格局松动，且后来在南北军政界的领袖也大体是在这三年间崛起的。北方政治格局的崩溃，使得他们个人现实生命失去依靠。此时，政治上的另一个锐锋则是五卅（一九二五）之后，社会主义加速崛兴。此外，在这一段时间，学术上则是疑古言论大兴。一九二六年《古史辨》第一册结集出版，更是一个里程碑的文献。这两者构成了梁、王此时共同面对的两个主题，不过梁、王二人的响应方式是有所分别的，梁启超倾向于吸纳、消融，而王国维则基本上持反对态度。

不管是吸纳或对抗，这一波挑战，对梁、王的个人生涯当然带来不便。然而挑战、障碍也有其内在的优点，它们激发了人们思考问题的方向及深度，所以接下来，梁氏对社会主义的吸纳与化解，其实打开了他晚年社会史的倾向。王国维对疑古运动的反击，也深化了他若干古史的见解并留下深远的影响。

三 梁、王对社会主义与疑古运动的反应

先谈梁启超，梁氏在《古书真伪及其年代》中，虽然有导正当时过激疑古的风潮的意思，但全书基本上是响应疑古辨伪之风，只是希望得到一个比较适恰、合理的解答。梁启超对社会主义，一方面是抗拒，一方面是消极涵释。他在这个阶段的著作，如《中国文化史》不断提到社会性质、社会形态如何决定婚姻、文字演进等的发展。在一些学术小册子中，除了不断引用严复的《天演论》《社会通诠》等书中的观点解释历史发展外，摩尔根的《古

代社会》、恩格斯的《家庭、私有制和国家的起源》也经常出现在笔端。他这个阶段的文章，如《无产阶级与无业阶级》也是借着区别二者，强调中国有"无业阶级"的问题，但没有因"阶级意识"而产生的"无产阶级"。类似的意见在《中国文化史》"阶级"一章中也有所阐释，他认为在中国没有阶级，故不要讲阶级斗争，阶级血统不能严划，而春秋战国乃贵族政治极完整的时期，但之后则为开放主义，贵族、平民不甚有隔。有时梁启超会强调中国古代社会早已与西方社会主义的理想若合符节，如在《国语原文解》中强调："我国之经济思想以分配平均为主，近今西方社会主义近之。"

与梁启超相比，王国维对社会主义则基本上只有抗拒，我在他这个时期的著作中，看不出他试着吸纳并涵释社会主义思想的痕迹，但他对激烈的疑古运动的势头则迎头抗击，而且并不是简单的对撞，而是借着反击发展出两三种深刻而影响深远的论旨。王国维《古史新证》中的两段话，一段是反驳顾颉刚"禹是一条虫"的说法："夫自《尧典》《皋陶谟》《禹贡》皆记禹事，下至周书《吕刑》，亦以禹为三后之一，诗言禹者尤不可胜数，故不待藉他证据。然近人乃复疑之，故举此二器（按秦公敦、齐侯铸钟）知春秋之世，东西二大国无不信禹为古之帝王，且先汤而有天下也。"另外便是"二重证据法"，《古史新证》中说："吾辈生于今日，幸于纸上之材料外，更得地下之新材料。由此种材料，我辈固得据以补正纸上之材料，亦得证明古书之某部分全为实录，即百家不雅训之言亦不无表示一面之事实。此二重证据法惟在今日始得为之。虽古书之未得证明者，不能加以否定，而其已得证明者，不能不加以肯定，可断言也。""二重证据法"可说是这一百年来影响最大的古代历史的方论。

王国维在《桐乡徐氏印谱·序》中主张古代文字的东西二元，近几十年来，随着大量出土文物的证实以及李学勤等学者的大力揄扬，这篇短文的论点已经深入人心。而我个人推测，如果不是在《古史辨》第一册所收的文章中，钱玄同主张《说文》中所附的"古文"都是出于许慎的伪造（而且此说还引起人们的响应），也不会激出王国维的学术论点，主张人们之所以不认识这些"古文"，不是因其为"伪造"，而是因它们属于东系文字，在西系秦籀"书同文"之后，而渐渐不为人们所注意，因它们字形奇古，故以为出于伪造。

四 清华的学术社群

梁、王二人或许在《时务报》时有过接触，但无论如何，王国维先前在给罗振玉的信中曾表示对梁启超相当鄙夷。但梁、王二人在清华国学研究院时关系融洽，主张却不完全相同，王主张"专业"，梁主张"普及"，所以同中仍然有异。

梁、王两人在性格上也有很大的差异。梁启超专注学问，极为乐观，给子女的信中，口头禅是"好极了""兴趣""心地清凉""政治兴味不灭"。他觉得今日学校不讲道德，故他说，"我要想把中国儒家道德与修养来做底子，而在学风功课上把它体现出来"，梁启超当时仍有用世之心，甚至想做清华校长。王国维则专注学问，心情郁闷，可谓"苦闷的俘虏"（郭沫若）。

在研究院时期，陈寅恪、王国维两人关系最好，并且相互影响。俞大维曾说："王国维此期对蒙古史甚精，惟王只通日文，故其元代著作或利用中国原有数据互校，或利用日人转译欧洲著述，未能用直接材料。但第三期学者来临，未始不受王氏启示。"（按：这里的"第三期学者"是指陈寅恪这一辈，他们通常直接掌握满、蒙、藏或其他域外殊族的文字。）陈寅恪因受王国维影响而对三代历史、制度也发生了兴趣，而王国维则受陈寅恪的影响，更加深其对西北史地的兴趣。

而且从王国维书信集看起来，王国维因与伯希和认识，一九二五年九月十一日，王氏致书伯希和介绍当时人还在欧洲的陈寅恪前去拜访。此外，从私人书信看来，我觉得陈寅恪后来发表的论文中，如《武曌与佛教》《韦庄秦妇吟校笺》，或是讨论毘沙门天王与中国剑侠小说的关系等文，恐怕或有受益于王氏之处，关于这一点我将另文讨论。

我始终认为北京大学国学门（一九二二至一九二七）与清华国学研究院一样，它成功的第一个条件是学生报考时"不拘资格"。以北大国学门来说，董作宾的学历（小学肄业，考入南阳县立师范讲习所，继而考入河南育才馆，接着北大旁听，然后进入北大国学门）绝无可能到北大读书，后来却成为甲骨学的一代宗师。这样的例子很多。以清华国学研究院的徐中舒为例，他早年毕业于武昌高等师范，后入清华国学研究院，造就成一位上古史大家。故不拘资格，开放给有志于学、脑筋聪慧的学子读书，是成功的原因之一。第二，是梅贻琦所说的"大师"以及"游"。大师带着一群有志于学问的徒弟，平常很多时间在一起生活，像大鱼带着小鱼游，游到有一天，小鱼成了大鱼，又带着下一批小鱼游，如此往复不断。清华国学研究院的学生们正是在大师（大鱼）们的带领下，遨游于学海而能有成。第三，我觉得找到有意义的研究题目，并全力以赴也很重要。其中有一些题目，是梁、王两位导师所拟定，或学生自己拟定之后经过导师们认可之后进行研究。"认可"这件事很重要，因为导师们学问深，看一眼便知道某个研究题目的可能性及意义有多大。当然，第四点也很重要，即自由而活泼的学风，这一点从《吴宓日记》或学生后来零星的回忆中可以看出来。我觉得这一段学术历程，与今天整个世界的高等教育都用各种量化指标来引导、规范学术研究工作形成强烈的对比。学问的产生，固然要有适度的压力，但在有深度的学者导引下，宽松自由地探研是产生重要学术成果的关键。我们今天回顾这段历史，不能不对此再三致意焉。

在一九二七年六月，当国民革命军在河南打败奉军，一部分人正兴高采烈的时候，王国维却在六月二日跳进颐和园昆明湖自杀。而梁启超则于一九二九年一月病逝，在逝世之前，他已经辞去清华的职位。无论如何，梁启超、王国维与清华国学研究院另外几位导师，在短短时间内，培养了五六十位杰出的学者，这是令人惊叹不已的成绩。

王国维在清华只有两年多，梁启超稍长（一九二二年即任清华讲师），但是衡量一件事情的价值不在时间的久暂，而在是否精彩。他们在清华国学研究院的时间虽然不长，但在个人研究及培育人才两方面的成绩却都如此斐然，诚一代之盛事也。

五 结论

北伐前后的政治与文化激烈倾轧,"南北""新旧"的格局隐然形成,在冲撞的格局中,知识人面临着选择。在这个剧烈的震荡下,人们做出的选择并不一样,诚如罗志田指出,在北伐前后,北方有一批教授选择南下加入党军,但也有像梁启超这一类的人,他因受惊吓,一度计划出走,后来病逝于协和医院,而王国维则选择了自杀。章太炎后来的矛盾心理也类似,生命跟着北方系统而没落,学问则转向恢复国学而努力。

大体而言,社会是一个有机的"丛集",其中有若干条线索在竞合着,它们经常"共轨",但有时"不共轨"(或是"共轨"而又"不共轨"),一个社会中的"政治"与"学术"即是其中的线索。而且每个人的人生也是一个"丛集",每每有多条线索随时竞合着,这些线索时而"共轨",时而"不共轨",受到时代环境以及每个人的文化偏好、性格等复杂因素的影响。本文所讨论的冲突现象,似乎与社会及个人的诸线索的竞合与交缠不无关系。上述这些复杂隐微之处,正是对我们历史研究者的一个挑战。

此外,我曾经在《论台湾的人文学科现状》(On the State of the Humanities in Taiwan)一文中,指责二十世纪的高等教育逐渐被一套僵硬的评比、指标所编派(该文发表于 Comparative Studies of South Asia, Africa and the Middle East, Volume 37, Number 1, May 2017, pp. 177-180)。在这样的系统下,虽然可以取得论文篇数上的进步,但通常并不一定能产生深刻而有价值的成果,甚至扼抑之。我觉得清华国学研究院的历史进一步印证了我在那篇文字中的反思与批评。

（此文由作者在台湾新竹"清华大学"的演讲修改而成，由于是该校纪念清华国学研究院的系列演讲，故文旨集中在梁启超、王国维生命的最后阶段。）

（原载《读书》2024年第5期）

王汎森，台湾"中研院"史语所特聘研究员，著有《思想是生活的一种方式：中国近代思想史的再思考》《权力的毛细管作用：清代的思想、学术与心态》《中国近代思想与学术的系谱》等。

忆严文明与童恩正先生

◎ 石　硕

我学考古出身，如今做民族研究。一次，和几位同行聚会，席间聊到一个话题，我国民族学、人类学界不少学者，均学考古出身。大家七嘴八舌，数出不少人。当时并不在意，事后细想，觉得十分有趣。随即想到这样的问题：此现象背后的逻辑是什么？是否蕴含一些被我们忽视的道理？不得而知。令我难忘的，是引我入学术之门的两位恩师：严文明和童恩正。

我1978年进入四川大学历史系考古专业学习。1979年，原担任新石器时代课程的杨建芳教授赴港继承遗产，无人承担这门课，遂邀请北京大学严文明先生来川大为考古班讲授"新石器时代考古通论"。我真正领略大师风采，明白大学何以被称作"学术殿堂"，正是严先生的授课。记得严先生第一次上课，穿一身浅灰色燕尾服，整洁、庄严、典雅，严先生个子略高，坐在讲台前的椅子里，一开口，就牢牢吸引了全班同学。严先生语速不紧不慢，声调不高不低，从容、干净、平实，娓娓道来，没一句废话，亦无任何噱头和哗众取宠。讲授内容，视野宏大、条理清晰、逻辑严谨，将中国新石器时代的区系类型、典型器物及文化上的相互影响、关联性，条分缕析，讲得明明白白、引人入胜，真像是讲一部精彩纷呈的无字"天书"。我当时的感受，完全可用"震惊"

来形容。我想，能将遗物、遗迹、遗址且略嫌枯燥的考古材料讲得如此生动、引人入胜，且如数家珍，真是把考古学提升到了"艺术"境界，展示出考古学的无限魅力。说实话，我当时对考古并无多少兴趣，仍延续进大学前的文学爱好和阅读。大学四年，我从图书馆借阅了无数世界文学名著，还订阅了四年《诗刊》，这些爱好本能地对考古专业学习产生排斥。但严先生的课，却激发起我对考古的浓厚兴趣，开始思考和关注考古材料所呈现的诸多文化现象。严先生的课是一学期，每次上课，如沐春风，是极高级的享受。严先生的课，不仅我，全班也无人落下一堂。如果说，我初知学术，至今还有一些考古学底子与兴趣，均得益于严先生的授课。严先生是把我从不知学术为何物的"野孩子"引入学术之门的老师。

本科阶段，另一位激发我学术兴趣的，是童恩正先生。童先生给我们讲授"西南考古"，口才一流，视野开阔，严谨又富于想象力。其时，童先生刚主持发掘西藏昌都卡若遗址归来，他用诗一般的语言，给我们讲起西藏灿若星辰、蓝宝石般的湖泊，讲起西藏的蓝天白云，高原的美与无穷魅力，激起我美好的想象与神往。课堂上，童先生还特地讲到西南考古文化中，存在大量北方文化因素，分别从石棺葬、石棚—大石文化、典型器物等逐一列举大量证据。这正是他后来提出"半月形文化带"的思路。可见，那时"半月形文化带"已在其头脑中酝酿、萌芽。童先生的课思路开阔、语言流畅、富于想象力，给人诸多启迪。我印象深刻的是，童先生讲考古材料时，总不忘关注考古现象背后的人与社会。如他讲到卡若遗址中存在大量石砌建筑，即将之置于广阔地域和文化背景中分析讨论，并引申到人群的交流与迁徙，给人诸多启示。一次，与老大哥刘复生教授同机赴昆明，一路上聊起当年系上老先生们做学问的风格。他告诉我，当年童先生《试论我国从东北至西南的边地半月形文化传播带》发表后，系上某些先生并不太认同，认为有悖川大史学一贯扎实、实证的学术传统。刘复生教授说，当时川大历史系老先生分两派，一派是守旧派，主要做"实"学；另一派是新锐派，做有思想的学术。童先生属于后者。今天看来，童老师超越考古学范畴，在历史、民族、人类学等领域产生广泛影响的，正是他提出的"半月形文化带"。这是对"有思想的学术"之魅力的生动诠释。

严文明和童恩正，是让我知晓何为考古学，何为学术，感受学术之魅力并初窥"学术殿堂"的两位先生。让人想不到的是，两位先生竟是中学同窗、室友，曾睡一张床的上（童）下（严）铺，且均酷爱理科。后来得知，严先生来川大授课正是缘于童先生的力荐和邀请。我曾目睹下课前，童先生在教室门外恭候严先生的情形。北大李水城教授在回忆童恩正先生的文章中写道：

"1976年，严先生在陕西周原遗址开门办学，童先生作为四川大学的教师前去参观，见到严先生他便问：'你还认识我吗？'两位老同学遂相认，并紧紧拥抱。20多年过去了，这两位喜爱理科的高中生竟然都成了考古学家，这一传奇经历真可谓学科史上罕见的轶事。为此我也曾困惑不解地问过严先生，你们俩那么熟，而且在国内专业考古杂志都有文章发表，考古圈子又这么小，怎么会一无所知？严先生说，谁能想得到啊！我俩当时都偏爱理科，且中国同名同姓的人又那么多，我还一直以为这个童恩正可能是位老先生呢！估计童先生也可能有类似想法。"（李水城：《文史双馨、学贯中西：记考古学家童恩正》，《中国文化》2021年第1期）

其实，严先生走上考古学道路，也是事与愿违的结果。严先生因酷爱理科，报考的是北大物理系，却阴差阳错到了历史系考古专业。不同的是，严先生走上考古专业道路后，基本以考古为主业。童恩正则不然，选择了"两栖"发展。童先生毕生热爱科幻，在科幻文学领域有极高天分和成就，被誉为"才华横溢的考古学家兼科幻作家"。走上考古专业道路后，童先生"偏爱理科"的种子仍然延续，并生根、发芽，在科幻文学上结出硕果，成为著名科幻文学家。我曾参加童先生葬礼，葬礼上主要是两拨人，一拨属考古学界，一拨是科幻文学界。童先生在科幻文学上的成就和影响力，从两件小事可得到说明。1978年我入学一段时间后，得知考古班20位同学，竟有一半是因读了童先生科幻小说《古峡迷雾》而选择考古专业。大学毕业后，童先生被分配到峨眉电影制片厂做编剧。后应考古学家冯汉骥先生要求，调回川大做冯先生助手，开启了考古职业生涯。其次，我的一位博士生是科幻文学爱好者，常参加科幻文学界的活动。他告诉我，科幻文学界不少人认为，童先生在科幻文学领域的成就和地位，远超过他在考古学的成就与地位。这令我惊讶。我问，为什么这样认为？他告诉我，科幻领域的大部分人是科学、科普背景，或是有科学兴趣的文学爱好者，但很少有像童先生那样有深厚人文底蕴，又兼有科学素养，并有着将两者结合起来的丰富想象力和文学才华。1978年童先生在《人民文学》上发表科幻小说《珊瑚岛上的死光》，获全国优秀短篇小说奖（是当时国内科幻小说所获最高文学奖），后被搬上银幕，产生巨大反响，首开科幻作品搬上银幕的纪录。童先生是中国科幻文学当之无愧的开拓者、引领者，其科幻作品在科幻文学界至今仍被奉为圭臬。科幻文学创作虽给童先生带来巨大声誉，但毕竟只是副业，当时环境下也给他带来一些困扰。我读本科时，据闻童先生评副教授时，被指斥为不务正业，称应到中文系评职称。幸好当时严先生正在川大上课，学校人事处干部和历史系领导专门就童先生专业水平求教于严先生，严先生的回答是："童恩正在很多方面都很优秀，仅就考古而言，他的业务能力和学术水平也是一流的。"童恩正才涉险过关。（李水城：《文史双馨、学贯中西：记考古学家童恩正》，《中国文化》2021年第1期）

我本科学考古，硕士读隋唐史，博士转为民族史。转了一圈，对考古、历史、民族略知一二。据我的粗浅体会，考古学是最能激发好奇心与想象力的学科，与警察破案的刑侦学颇相类似。考古材料本身不会说话，其呈现有偶然性，并常有缺环和断裂，如何将零散、破碎，充满缺环、断裂及偶然性的古代实物材料串连成一个逻辑证据链，所依凭的正是由好奇心激发的强烈问题意识和卓越的想象力。比如，拿起一块出土陶片，据其厚薄、纹饰，首先会想，这属于什么器物？该器物作什么用？其次，面对一个聚落遗址，不禁会联想，聚落水源地在哪里？人们如何取水？聚落同周边人群如何交往？聚落中出现的海贝是装饰品还是有货币功能？等等。这些都需要充分发挥想象力。严先生在综合和系统考察中国新石器时代区系、类型基础上，从整体结构上提出阐释新石器时代考古体系的"重瓣花朵"理论，充满哲学思辨与诗的意境。能提出这样的理论，没有丰富想象力绝无可能。严先生致力于稻作文明起源研究，担任中美合作水稻起源项目负责人并取得重大突破，也与好奇心、想象力和酷爱理科的背景密切相关。严先生对自己几十年考古生涯的评价是"不为考古而考古"，其深意值得细细体悟。童先生依据西南与中国北方地域存在大量相似考古文化因素，提出从东北到西南存在一条大跨度的边地半月形文化带，所凭借的同样是以实证为基础的想象力。科幻文学最富于想象力，童恩正提出半月形文化带，与他在科幻文学领域的想象力不无关系。事实上，学术创新与想象力是一对孪生兄弟，有密切内在关联。诚如李水城教授所言："今天回过头看，童先生'两栖'爱好的个性不仅激发了他的学术创作灵感，也大大丰富了他的研究领域。"（李水城：《文史双馨、学贯中西：记考古学家童恩正》，《中国文化》2021年第1期）

其次，考古学有极大开放性。考古学的根基是"透物见人"，故其同历史学、民族学、人类学、人文地理、生态学等均有密切内在联系。此特点使考古学在方法、视野与研究路径上呈现极大开放性。我在撰写《半月形文化带：理解中国民族及历史脉络的一把钥匙——童恩正"半月形文化带"的学术意义与价值》一文时，经层层剥离，惊奇地发现，童先生提出"半月形文化带"的关键，正在于"立足考古却不止于考古"，而是将考古学同历史、民族、人类学、地理紧密结合。这与严先生的"不为考古而考古"，实异曲同工。这种熔考古学、人类学、历史学、民族学、地理学、生态学于一炉的视野和研究方法，在1980年代极为新锐，可谓独领风骚。童先生亦曾广泛涉足人类学、民族学等领域。其

1990年出版的《文化人类学》，是国内最早介绍该学科的专著。他是中国民族考古的开拓者，其1987年创办的《南方民族考古》，开风气之先，成为当时继《考古》《考古学报》《文物》三大杂志之后为数不多在海内外享有盛誉的学术刊物之一。很大程度上说，综合的学科视野，开阔的思路，多学科交叉研究的视角，辅以卓越的想象力，是严文明、童恩正两位先生在学术上带给我们的重要启示。

考古学的"根"是人文，而非科学技术。今天，考古学大量借用自然科学的技术和手段，如年代测定、文化地层的浮选等，但这并不改变考古学的人文学科属性。一次评审会，偶遇北大考古系孙华教授，谈及当前考古学研究方法与手段日益技术化的趋势，他说了句令我印象深刻的话："考古学太技术，没有出路。"这是一个洞见。错把手段当目的，是人们下意识常犯的错误。考古本质是"透物见人"。"见人"是考古学的"根"。偏离这个"根"，考古学没有出路。我想，这可能正是孙华教授的本意。

考古学既实证，又开放；既严谨务实，又不乏好奇心、问题意识和想象力。古人云"工夫在诗外"。严文明和童恩正能在考古学领域自由驰骋，做出重大建树，和他们年轻时"酷爱理科"，有卓越想象力，且从不拒斥与历史学、民族学、人类学、地理学、生态学等学科的交叉融合并从中汲取养分，均有极大关系。

考古学用实物复原历史，比历史学更实证。因为实证，考古学的精神气质与科学颇相类似。科学的根基也是实证，但想象力却是科学进步的翅膀。这是否意味着越实证，越离不开想象力？不得而知。考古学的实证、严谨，使其不易"飘"和堕入虚妄；

但考古材料获取的偶然性及常有断裂、残缺，则颇能激发好奇心和问题意识，给想象力提供了广阔空间。这些学科属性，使20世纪中国考古学发展迅猛，产生了大批学术史上耀眼的大师级学者，如李济、徐旭生、梁思永、裴文中、冯汉骥、夏鼐、曾昭燏、林惠祥、宿白、苏秉琦、石兴邦、安志敏、邹衡、张忠培、俞伟超、张光直、严文明、童恩正，等等，不可胜计。可以说，在中国现代学术发展史中，考古学是当之无愧的奠基性学科，且异彩纷呈。道理何在？颇值得深思。这或许暗示一个事实：在"实证"即坚守事实基础上，好奇心与想象力乃学问之母。丧失了好奇心与想象力，不但失去创造力，学问也会失去灵魂而变得索然寡味。

（原载澎湃新闻公众号《私家历史》栏目，2024年7月12日）

石硕，四川大学历史文化学院教授，著有《西藏文明东向发展史》《青藏高原碉楼研究》《藏地文明探寻》等。

歌德的智慧及其他

◎ 黄灿然

读《歌德谈话录》（朱光潜译，人民文学出版社，一九九七年），惊叹他的智慧。我想起数日前读贺拉斯《诗艺》，觉得我们现在知道的，他早已知道了。歌德谈话的范围广泛得多，但给我的感觉仍是一样的：我们现在知道的，他早已知道了。

歌德经常谈及他那个时代的文学的种种弊端，例如谈近代文学的弊端，认为根源在于作家缺乏高尚的人格。记得弗罗斯特曾在一篇散文里谈到，每一个时代的人都会埋怨自己的时代不如以前的时代，华兹华斯如此埋怨，阿诺德如此埋怨。屈原也抱怨他那个时代的人们，说比赛阿谀奉承已成为人们的生活习惯，并说他孤独地被他那个不幸的世纪所困。弗罗斯特说，其实每一个时代都不比以前的时代更好或更坏。我同意这种看法。但我一直想不出这种埋怨的原因。现在看歌德，突然领悟到了。每一个时代的伟人都具有高尚的人格，例如屈原，也是高尚得令人仰望。但是，每一个时代都有太多没及格更没人格的作家，这些作家很快就被淘汰掉了，只剩下那些伟大的作家和作品令人仰望。由于我们只能读到能留下来的伟大作家的作品，即使有机会读其他二三流作家的作品，也很少去读，因为不值得去读，还因为我们总是选择最好的来读。又由于我们生活在当代，经常要碰到坏作家和坏作品，于是留下这样的印象，觉得一代不如一代。另外，歌德也经常谈到德国人的不行和不足，而推崇外国作家的东西（页一三九至一四〇），这道理也是一样的。因为能为他所知的外国作家肯定都是他们民族中比较出类拔萃的，给人印象是外国的东西更好。这正是不同文明之间交流的重要性和必要性：彼此交流好东西。

歌德又说："软弱是我们这个时代的特征。"（页一八二）这句评语仍然适合我们这个时代。又说："我们这老一辈子欧洲人的心地多少都有点恶劣，我们的情况太矫揉造作了、太复杂了，我们的营养和生活方式是违反自然规律的，我们的社交生活也缺乏真正的友爱和良好的祝愿。每个人都彬彬有礼，但没有人有勇气做个温厚而真诚的人，所以一个按照自然的思想和情感行事的老实人就处在很不利的地位。……如果在忧郁的心情中深入地想想我们这个时代的痛苦，就会感到我们愈来愈接近世界末日了。罪恶一代接着一代地逐渐积累起来了！"（页一七〇）他当然向往古代的纯朴生活，一如我同样向往他那个时代的生活。可是古代的生活同样充满人性的罪恶。屈原埋怨他那个时代的小人太多，但丁则从更高的境界俯视他那个时代的种种丑行。我想，不同时代对罪恶和痛苦的承受力都不同。如果按照歌德那个年代计算和积累下来，则我们已生活在但丁的地狱！但我相信我们的时代不比歌德那个时代更好或更糟，显然，是因为我们的承受力增强了。至于"一个按照自然的思想和情感行事的老实人就处在很不利的地位"，我想，这种按照自然的思想和情感行事的人，就是诗人了。但是，诗人可以长出另一个保护层，一如歌德一方面应付俗务，戴着世俗高官的面具，另一方面却严格按照理想中的要求来生活。当然，生出保护层需要痛苦的代价，但是一个诗人在决定做诗人的那一刻，大概也已经把这种代价纳入预算了。此所以我仍能愉快地阅读和写作，其中的丰富性并不亚于歌德。

歌德多处谈到作家需要先精通一门技艺，然后再旁及其他，一通百通。"说到究竟，最大的艺术本领在于懂得限制自己的范围，不旁驰博骛。"（页八〇）记录者爱克曼也提到："歌德虽力求多方面的见识，在实践方面却专心致志地从事一种专业。在实践方面他真正达到纯熟掌握的只有一门艺术，那就是用德文写作的艺术。"（页七九）歌德又说："每个人都要把自己培养成为某一种人，然后才设法去理解人类各种才能的总和。"（页七八）又说："聪明人会把凡是分散精力的要求置之度外，只专心致志地学一门，学一门就要把它学好。"（页二六）因此，当爱克曼透露他要干这样干那样时，歌德总是劝他只限于发展自己的诗艺。不过，在我们这个时代，分散精力，在知识表面上乱摸的人，往往被视为聪明人。真正的聪明人反而要大智若愚。

我想起英国诗人斯蒂芬·斯彭德在自传《世界里的世界》中记述他与艾略特的一次谈话，也涉及这个问题。当时斯彭德二十岁，艾略特四十岁。斯彭德向艾略特表示，他不只想写诗，可能还要写长篇小说和短篇小说。艾略特，诗歌这行业，需要用一生的时间全神贯注。斯彭德说，他想成为一个诗人兼小说家，例如像哈代那样。艾略特表示，在他看来，哈代的诗永远像小说家的诗。"那么歌德呢？"斯彭德问。艾略特答道，歌德的情况与哈代差不多，只不过是在更大的程度上。在我看来，歌德的见解，艾略特的见解，以及艾略特对哈代和歌德的见解，其实并不冲突。

一个人必须先精于某行业的某方面，再精于整个行业，再旁及其他行业。艾略特所说的，是从某行业（文学）的某方面（诗歌）着手。歌德说的是从某行业（文学）着手，再旁及其他行业（例如科学和哲学）。哈代其实在写小说前已写诗，但他写了二十年小说，其间没写诗；停止写小说后，再写诗。这样分开，恰恰表示他是很专注的。我不觉得把诗写得像小说家写的诗有什么不好，就像艾略特把戏剧性引入诗歌。我想，当时艾略特如此说，是为了强调他最初那句话——那句话绝对是真理。（艾略特本人在早年确实对歌德有不少偏见，后来写了一篇评论歌德的长文，把歌德与但丁和莎士比亚相提并论，还详述自己如何年少无知，误会歌德，艾略特作为伟人的谦虚、严谨和自我批评尽见于此，读来令人动容。）

斯彭德的自传临结尾时，谈到他再见奥登。这时奥登已移居美国多年，大家都发生了很大的变化，无论是在生活上还是在思想观念上。"虽然奥登的变化有时候像一个万花筒，伴随着出现一个与之前完全不一样的图案而发生急剧变化（除了那个万花筒和形成图案的块状不变外），但是从我们在牛津的日子，到现在已经二十年了，他的生活一直保持目标的一致性，这点是我的任何朋友都比不上的。在纽约这里，他过着与牛津时期一样的简朴生活，房间里没有什么摆设。他依然专注于一个目标：写诗，他的所有发展都是在这个目标之内。当然，他的生活并非完全没有受到非文学事务的扰攘，但这些扰攘并没有改变他的生活方式。其他人（包括我自己）都深陷于生活的各种制度中——工作、婚姻、孩子、战争，诸如此类——我们大家与自己当初相比，已出现巨大的鸿沟……奥登有发展，却依然是同一个人。"

保持目标的一致性，正是一切伟人的重要禀赋。锁定一个目标，然后开始磨炼自己，逐渐接近目标，整个过程既漫长又专注，而漫长与专注正是精通的要义。奥登在《序跋集》里，有一篇谈论王尔德的文章，提到艺术家的修炼，可以视为他的夫子自道：

一个以艺术为业的人可能像大多数人一样，会很虚荣，渴望一夜之间名成利就，并因为得不到而受苦，但他的虚荣永远屈从于他的骄傲，即是说他一点也不怀疑自己所写的东西具有独一无二的重要性。如果他像司汤达那样对自己说他是为后代写作，严格地说，那是不真实的，因为很难想象后代是什么样子的；他其实是要说，他相信他的作品具有永久的价值，肯定世界迟早会承认它。他不是为生活而写作，而是为写作而生活，他创作以外——社会生活和个人生活——的苦与乐对他来说是微不足道的，两方面的失败都不会减低他对自己的力量所怀的信心。王尔德虽然写了一部传世杰作（按：指《认真的重要》），但他不是一位以艺术为业的人，而是一位表演者。在所有表演者身上，虚荣都比骄傲重要，因为一位表演者只有在与观众有一种互相投契的关系时，他才真正是他自己；一旦独处，他就不知道自己是谁。

这位艺术家对自己所怀的信心是从哪里来的？是从他的目标的一致性来的。由于专注于目标，他每走一步，都不是白费，而是积累：不仅积累经验，而且积累智慧。这里，奥登不仅提供了一条成功的途径，而且提供了一条哪怕不成功，也仍然可以活得自足、自在、自信，从而免受外部力量左右的途径。

作家不精于本门和本业，不从最小的基本功磨炼自己，便会好大喜功。歌德对此又有十分睿智的见解。他说："你得当心，不要写大部头的作品。很多既有才智而又认真努力的作家，正是在贪图写大部头作品上吃亏受苦，我也在这一点上吃过苦头，认识到它对我有多大害处。"（页四）害处之一是："如果你脑子里老在想着一部大部头的作品，此外一切都得靠边站，一切思虑都得推开，这样就要失掉生活本身的乐趣。为着把各部分安排成为贯通完美的巨大整体，就得使用和消耗巨大精力；为着把作品表达于妥当的流利语言，又要费大力而且还要有安静的生活环境。倘若你在整体上安排不妥当，你的精力就白费了。还不仅此，倘若你在处理那样庞大的题材时没有完全掌握住细节，整体也就会有瑕疵，会受到指责。这样，作者尽管付出了辛勤的劳力和牺牲，结果所获得的不过是困倦和精力的瘫痪。"（页五）害处之二是："大部头作品却要有多方面的广博知识，人们就在这一点上要跌跤。"（页七）

不过，我也怀疑，上述种种真知灼见，对于那些未达到一定境界的人，又有什么用呢？其实，真理早就摆在人们眼前，可人们总是视而不见。就像有那么多伟大的作品供人们读，人们却视若无睹。这种真知灼见，唯有对那些抵达真理国界的人，才有用处。在真理王国以外的人，你给他一张真理王国的地图，在他们看来也只是一张纸而已；但对于抵达真理王国边界或已进入真理王国的人来说，那张地图就能使他们豁然开朗。此所以，虽然爱克曼洗耳恭听，并且记录下来，但他却未能成就自己的大业，而是以歌德谈话的记录者而为人所知。即使明白，也可能只是表层的明白，一如处于圆的起点而不是终点。必须悟，才是真正的明白并融入悟者的精神，就像完成一个圆，处于圆的终点。汉语的"领悟"，就是把"悟"的东西"领"进精神里，而不是停留在理解的表层。悟的条件就是悟者必须有天分，那天分，就是已经储备足了能量，等待悟的机缘，也就是开窍。开窍就是来到真理的王国打开地图，表层的明白就是打开地图而不在真理的王国。

这句也很精彩："俗套总是由于想把工作搞完，对工作本身并没有乐趣。一个有真正大才能的人却在工作过程中感到最高度的快乐。"（页三六）这种快乐，也会很自然地传达给读者。一般来说，带有太强目的性或太强主观性尤其是功利性的创作，只想强暴地使用和操纵文字的人，不仅自己写得辛苦，毫无乐趣，而且写出来的作品也闷死人。沃尔科特在他那本同样充满智慧的《沃尔科特谈话录》中，曾一再提到现在太多人写的诗都闷死人，没有乐趣可言。他非常推崇奥登，就是因为奥登诗中不仅充满机智，而且充满乐趣。

一个作家承接经典及古典作品之源流，是打开大境界的关键。歌德尤其精于此道。他说："各门艺术都有一种源流关系。每逢看到一位大师，你总可以看出他吸取了前人的精华，就是这种精华培育出他的伟大。"（页一〇五）又说："鉴赏力不是靠观赏中等作品而是靠观赏最好作品才能培育成的。所以我只让你看最好的作品，等你在最好的作品中打下了牢固的基础，你就有了用来衡量其他作品的标准，估价不至于太高，而是恰如其分。"（页三二）

又说:"我们要学习的不是同辈人和竞争对手,而是古代的伟大人物。他们的作品从许多世纪以来一直得到一致的评价和尊敬。一个资禀真正高超的人就应该感觉到这种和古代伟大人物打交道的需要,而认识这种需要正是资禀高超的标志。"(页一二九)"要在世界上划出一个时代,要有两个众所周知的条件:第一要有一副好头脑,其次要继承一份巨大的遗产。"(页四三)

歌德又说:"国家的不幸在于没有人安居乐业,每个人都想掌握政权;文艺界的不幸在于没有人肯欣赏已经创作出的作品,每个人都想由他自己来重新创作。此外,没有人想到在研究一部诗作中求得自己的进步,每个人都想马上也创作出一部诗来。……因此,人们不知不觉地养成了马马虎虎的创作风气。人们从儿童时代起就已在押韵作诗,作到少年时代,就自以为大有作为,一直到了壮年时期,才认识到世间已有的作品多么优美,于是回顾自己在以往年代浪费了精力,走了些毫无成果的冤枉路,不免灰心丧气。"这种人就是读得少和不想读,自以为是天才。可是,如能在这时悔悟过来并急起直追,也许还来得及。另一类人更可悲:"不过也有些人始终认识不到完美作品的完美所在,也认识不到自己作品的失败,还是照旧马马虎虎地写下去,写到老死为止。"(页七七)不过,如果没有这批人,并且是这么一大批人,也就没有所谓的文艺界了。行行出状元,但行行都是由平庸之辈填塞着。

爱克曼对歌德说,他接触社会,总是带着个人喜恶,要找到生性与他相近的人,可以与之结交。对此歌德尖锐地指出:"你这种自然倾向是反社会的。文化教养有什么用,如果我们不愿用它来克服我们的自然倾向？"（页四一）又说："大多数德国青年作家唯一的缺点，就在于他们的主观世界里既没有什么重要东西，又不能到客观世界里去找材料。他们至多也只能找到合自己胃口、与主观世界相契合的材料。"（页四六）又说："一个人如果想学歌唱，他的自然音域以内的一切音对他是容易的，至于他的音域以外的那些音，起初对他却是非常困难的。但是他既想成为一个歌手，他就必须克服那些困难的音，因为他必须能够驾驭它们。就诗人来说，也是如此。要是他只能表达他自己的那一点主观情绪，他还算不了什么；但是一旦能掌握住世界而且能把它表达出来，他就是一个诗人了。此后他就有写不尽的材料，而且能写出经常是新鲜的东西。至于主观诗人，却很快就把他的内心生活的那一点材料用完，而且终于陷入习套作风了。"歌德这里说的，事实上适合于描述从事任何行业的人，也就是说，这种真知，已近于道破天机。歌德这里所指的主观诗人和客观诗人，事实上揭示了一个诗人步向成熟的必要历练。浪漫主义时代的歌德提出掌握客观世界，与现代主义时代的艾略特提倡非个性化，恰恰道出艺术是无所谓主义的，也不分时代。智者总是懂得排除各种主观色彩，而直抵客观世界，看到真理。

歌德对于独创性的见解也十分有独创性："人们老是在谈独创性，但是什么才是独创性！我们一生下来，世界就开始对我们发生影响，而这种影响一直要发生下去，直到我们过完这一生。除掉精力、气力和意志以外，还有什么可以叫做我们自己的呢？如果我能算一算我应归功于一切伟大的前辈和同辈的东西，此外剩下来的东西也不多了。"（页八八）这也可以反过来印证我前面提到过的"我们现在知道的,他早已知道了"的观点。由此我想到沃尔科特在谈话录中多次提到的模仿。他认为不要怕模仿,模仿乃是磨炼技艺的好途径。他说:"如果有人说我写得像某某某,我会感到荣幸,而不是相反。"(大意)他甚至说:"青年诗人不应该有个性,他们应该是彻底的学徒,如果他们想当大师。"又说,作为一个诗人,如果能为诗歌这棵巨树添加一两片叶子,就死而无憾矣。这与歌德的说法相同。这点,又可以跟上面歌德有关与古代伟人打交道的谈话联系起来,就是承接前人的血脉。

传统其实不是用来打破的,而是用来延续的,认识到延续比打破重要,则诗人就不会过分迷信自己的独创性了。迷信自己的独创性的人,往往不读前人作品,尤其是前人的伟大作品,即有,也读得少,这样一来,常常出现这种尴尬场面:他以为自己独创,但其实前人已写了,并且写得比他更好。传统的压力与张力便在这里。所以布罗茨基说,很害怕自己认为精彩的句子,前人已写过了。有了这种担心,则他自会读遍各国各时期的伟大作品,然后添加沃尔科特所说的树叶,这便是真正的独创性——他与其他人的树叶其实是一样的,但他添加了一两片。我的意思很简单,我们现在并没有写得比前人好。至多是写得像前人那么好——如此已是大成就,如果要谈成就的话。关于多读,我想援引美国诗人威尔伯的一句话,他说:"我认识几位作家……他们读得很少。这并不是说他们是坏作家,但是在某些情况下,我觉得如果他们多读书,他们也许会成为更好的作家。"我也认识或知道一些作家,不仅读得少,而且颇以此自傲,以为少读甚至不读而又能写出好作品,才显示他们有天分。这种自以为是,与歌德所提到的那种自以为很有独创性的作家，如出一辙。

在谈话录临近结尾时，歌德又说："严格地说，可以看成我们自己所特有的东西是微乎其微的，就像我们个人是微乎其微的一样。我们全都要从前辈和同辈学习到一些东西。就连最大的天才，如果想单凭他所特有的内在自我去对付一切，他也绝不会有多大成就。可是有许多本来很高明的人却不懂这个道理。他醉心于独创性这种空想，在昏暗中摸索，虚度了半生光阴。我认识过一些艺术家，都自夸没有依傍什么名师，一切都要归功于自己的大才。这班人真蠢！"（页二五〇）问题在于，那些自诩为天才的人，确实是单凭那点特有的内在自我去对付一切，并且觉得自己已有很大成就。而他们认为自己已有很大成就，恰恰在于他们没有多读伟大的作品，因为他们就用他们自诩的很大成就，来跟他们周围那些成就无法跟他们比的人比，而跟那些人比，他们确是有成就的，而且是很大的！一如歌德在另一处所说的："当然，一个人必须自己是个人物，才会感到一种伟大人格而且尊敬它。凡是不肯承认欧里庇得斯崇高的人，不是自己够不上认识这种崇高的可怜虫，就是无耻的冒充内行的骗子，想在庸人眼里抬高自己的身价，而实际上也居然显得比他原有的身价高些呢。"（页二二九）

歌德又说："一般说来，我们身上有什么真正的好东西呢？无非是一种要把外界资源吸收进来，为自己的高尚目的服务的能力和志愿！"（页二五〇）这句话非常重要。也就是说，如果一个人有什么天才的话，就是身上有一点能量。但自诩天才者，常常只做到发挥这点能量，压倒周围一些人，然后就觉得有成就了。尤其是在一个其文学仍处于较幼稚阶段的环境，例如当代中国文学界，凭这点能量打出一定名堂还是可以的，却不能成大器，在十年八年后，就会被另一批同等的人压下去。培养真正的大器和大气，便是要不断精进，多读伟大作品，并结合时代，所谓与时并进，把那点能量不断扩充，把外界的能量不断吸纳进来，如此良性循环。另一方面，我觉得一个作家阅读经典的重要性在于，一般人阅读经典只是作为读者，欣赏好作品，而作家阅读经典，则可以完成一个"圆"，也即作家可以通过阅读经典而把经典的精神和质素延伸到他自己的作品和他自己的时代。而传统的血脉，主要正是由这种作家承接的。

但这里存在着一个悖论，也即伟大的经典会窒息作家的创造力。歌德也曾多处提到这点："（莎士比亚）他太丰富，太雄壮了。一个创作家每年只应读一种莎士比亚的剧本，否则他的创作才能就会被莎士比亚压垮……拜伦不过分地崇敬莎士比亚而走他自己的道路，他也做得很对。有多少卓越的德国作家没有让莎士比亚和卡尔德隆压垮呢！"（页九三）关于拜伦与莎士比亚，歌德在另一处有论述："不过单作为一个人看，莎士比亚却比拜伦高明。拜伦自己明白这一点，所以他不大谈论莎士比亚，尽管他对莎士比亚的作品能整段整段地背诵。他会宁愿把莎士比亚完全抛开，因为莎士比亚的爽朗心情对拜伦是个拦路虎，他觉得跨不过去。"歌德又说："我如果生在英国做一个英国人，在知识初开的幼年，就有那样丰富多彩的杰作以它们全部的威力压到我身上来，我就会被压垮，不知怎么办才好。"（页一五）

如何看待作家与传统拒绝又接纳的关系？我倾向于认为，首先拒绝。本来应该担心，一个有志于创作的青年人如果埋首于传统作品，就会走不出来，变成一个纯粹的读者。不过，就当代而言，大部分青年人都是读现当代作品而漠视传统作品，甚至只读自己小圈子里的作品。沃尔科特在谈话录中曾多次抱怨美国当代诗人尤其是青年诗人无知，并把整个美国当代诗歌称为过于"地方化"，只管写美国人自己的日常生活，缺乏更高和更广的志向。我倒觉得青年人开始时对传统无知是件好事，以免窒息创造力。但是，在写作了十年八年后，他的目光便应该逐渐移离现当代，投向传统，无论是外国的传统还是本国的传统。如一直无知下去，就会自以为是，变成一生的无知。传统乃是真功夫、深功夫，对传统无知，乃是一个诱饵，让你先尝到创造的甜头，先对自己高估一番，前无古人一番，然后逐渐深入，逐渐发现自己的无知——至此，那条连接传统的脉络就开始打通了，一个作家便踏上坦途了：真正的创作始于这个时候的脚下。即是说，一个青年作家，自以为是并不要紧，要紧的是在对自己的不足有所觉察的时候，便应及时反省，诚实地自我批评。艾略特对待歌德前后不同的态度，便是一个杰出的榜样。

（选自《必要的角度》，上海文艺出版社，2024年8月版）

黄灿然，诗人、翻译家、评论家，著有诗集《奇迹集》《黄灿然的诗》等，译有《小于一》《站在人这边：米沃什五十年文选》《死亡赋格：保罗·策兰诗精选》等。

《父与子》·屠格涅夫

◎ 唐 诺

为什么读《父与子》？我想，应该是到了（重）读这部太热腾腾的小说的时候了——尤其，如果你有些年纪了，不再那么轻易被骗、被唬住、被煽惑，不是只会用激情看世界；或，如果你小说阅读已达一定的量，不会太大惊小怪了，我心沉静，有余裕可以看到较细腻流动的部分。

其 一

书写者屠格涅夫，温和的文学巨人（成就，也是体型），我们先放一段他的话在这里，出自他另一部小说《烟》："我忠于欧洲，说精确点，我忠于……文明……这个词既纯洁而且神圣，其他字眼……都有血腥味。"

我无比同意。这番话，很清楚讲出了屠格涅夫的价值选择及其深深忧虑，他太灵敏的嗅觉（一种很容易给自己带来危险的能力）早早就闻出彼时还没那么明显的鲜血气味。今天，一百五十年的历史堆下来，我们知道屠格涅夫是对的。屠格涅夫一直是比较对的那个人，只是当时人们不够相信他、不太愿意相信他而已，他极可能是整个沙皇俄国时代最被低估的人。

不要向历史讨公正，我们能做的只是，竭尽所能让人类历史可以稍稍公正一些。

是这个最温和不争（或柔弱不敢争）的人，而不是性格强悍见解激烈的托尔斯泰或陀思妥耶夫斯基，写出了这部十九世纪俄国（也许就是人类小说的第一盛世）最具争议的小说。说稍微夸张一点，《父与子》是炸弹，当场把一整个俄罗斯老帝国炸成两半，当然，伤得最重的必定是引爆者屠格涅夫自己。

时间点是这样，时间总是最重要——《父与子》写成于一八六二年，小说里的时间则是一八五九年（所以《父与子》是当下的、实时的书写）。这里有个巨大无匹的时间参照点：一八四八，人类革命历史不会被忘掉的关键一年。

我们稍稍花点工夫来谈一下，毕竟这是应该要知道的——一八四八，近代革命史第一震央的巴黎爆发了二月革命和六月革命，并迅速席卷整个欧洲，于此，欧洲统治者中反应最快的反而是俄皇尼古拉一世，他立刻出兵荡平波兰如筑墙，把革命浪头成功挡在西边，并回头解散莫斯科大学如拔除祸根，高压统治提升到前所未有的强度。往后七年，整个俄罗斯呈现全然的噤声状态，这就是著名的"七年长夜"，"活在当时的人都以为这条黯黑甬道是不会有尽头的⋯⋯"（赫尔岑）。《父与子》小说一开始，苦盼儿子阿尔卡狄回家的老好人尼古拉·彼得洛维奇陷入回忆，想起来的便是："然而继之而来的是一八四八年，有什么办法呢？只得返回乡居，他很长一段时日无事可做，百无聊赖，遂关心起农业⋯⋯"

雪上加霜，俄罗斯良心、心志最坚韧、最直言不屈的别林斯基就在一八四八年病逝,别林斯基也是屠格涅夫最尊敬的人,别林斯基大他七岁,与他亦师亦友。《父与子》小说里,这对结伴而行的年轻人阿尔卡狄和巴札罗夫的关系样式差不多就是如此,屠格涅夫书写时有没有记起别林斯基呢?我相信,此后这三十多年(屠格涅夫单独活到一八八一年),他必定不断想起他这位光辉、无畏的朋友,在他需要做决定尤其需要勇气时如一灵守护,诸如此类时刻终屠格涅夫一生还挺多的。

又,最聪明且笔最利、批判幅度最大的赫尔岑亦于一八四七年去国流亡。扛得住压力的人不在,当时,整个俄国确实有瞬间空掉的感觉。

一八四八,历史地标一样的数字,已在在确认,这是革命戏剧性切换的一年,从遍地花开到归于沉寂,都在这一年——西欧这边:沸沸扬扬百年的欧洲革命到此终结,这一页历史翻过去了,西欧转向另一种前进方式,年轻人觉得较不耐较不过瘾的方式;俄罗斯这边:革命从此东移,新核心是俄罗斯,尽管一开始并不像,俄罗斯的当下景况无疑更没生气没空间可言,沙皇、东正教和农奴制这著名的三位一体铁桶般牢牢罩住整个俄国,但这是高压锅啊,无处去的能量不断地集中、堆栈、加热,历史结局,当然是炸开来撼动全世界且成为下一波革命输出中心的红色革命。

《父与子》的狂暴主人公巴札罗夫,日后被说成是"第一个布尔什维克",小说被推上这种政治高位,当然是文学的不幸。

一部小说就把一个国家一分为二,必定是原本就有着够大够深的裂缝存在,如地壳断层那样,《父与子》恰恰好炸中要害——俄国这个非欧非亚又欧又亚如冰封如永夜的沉郁帝国,其实是领先"西化""欧化"的国家,启动于彼得大帝一个人的独断眼光。彼得大帝毅然把国都推进到极西之境,于芬兰湾涅瓦河口的沼泽地硬生生打造出新国都,这就是圣彼得堡,一扇门,一个采光窗口,一只"看向西方的不寐眼睛"。普希金的不朽长诗《青铜骑士》,写的正是圣彼得堡和彼得大帝,凝聚为这座青铜铸的跃马骑士像:

> 那里　在寥廓的海波之旁
> 他站着　充满伟大的思想
> 河水广阔地奔流
> 独木船在波涛上摇荡
> ……
> 而他想着
> 我们就要从这里威胁瑞典
> 在这里就要建立起城堡
> 使傲慢的邻邦感到难堪
> 大自然在这里设好了窗口
> 我们打开它便通往欧洲

谈西化我们常忘了俄国,忘了这一有意思又极独特的历史经验。不同于日后西化的国家,俄国完全是自发的、进取的,并非受迫于船坚炮利,因此原来没屈辱没伤害,西化是相当纯粹的启蒙学习之旅,充满善意和希望,是文明的而非国族的,也就和对母国的情感没有矛盾更不必二选一。可也正因为这样,长达一个半世纪之久的西化其实仅及于薄薄一层上阶层的人,贵族世家有钱有闲有门路的人。艾萨克·柏林指出来,这些西化之士是各自孤立的启蒙人物,只要是文明进步事物无不关怀,大而疏阔,且只停留于思维和言论的层面。

这就是一八四八年之前俄国奇特的上下截然二分景观——为数很有限但热情洋溢的欧化知识分子,和底层动也不动如无岁月无时间的广大农民农奴。别林斯基如此说:"人民觉得他需要的是马铃薯,而不是一部宪法。"

来自西欧的伤害迟至一八一二年拿破仑的挥军入侵。这场大战,俄方靠着领土的惊人纵深和冰封漫长的冬季"惨胜"。但尽管满目疮痍,俄国上层的西化之士心思却极暧昧极复杂,因为这是法兰西啊,这是第一共和之子拿破仑,是自由平等博爱云云法国大革命这波人类进步思潮的光辉成果及其象征,所以,这究竟算侵略还是解放?是壮阔历史浪潮的终于到来?毕竟,有诸多价值、心志乃至于情感是恢宏的、人共有的、超越国族的(彼时民族国家意识才待抬头)。托尔斯泰小说《战争与和平》中,我们读到,即便战火方炽,俄国贵族的宴会舞会(照跑照跳)里代表进步、教养或至少时髦的交谈语言仍是法语,甚至还对拿破仑不改亲爱不换昵称(依今日用语,可译为"破仑宝贝")。唯家家悲剧遍地死人这是基本事实,平民也永远是战争最大最无谓的受害者。这场战争于是带来大裂解:其一发生在西欧和俄国之间,历史总会来到人无可躲闪的二选一的痛苦不堪时刻(格林讲的,你迟早要选一边站的,如果你还想当个人的话);另一发生在上层欧化知识分子和一般平民之间，之前只是平静的隔离，如今满蓄能量如山雨欲来，开始滋生着怀疑乃至仇恨。

最后决定性的一击就是一八四八年了，其核心是绝望，双重的绝望——对欧洲绝望：革命不复，进步思潮全线溃败，西欧那些天神也似的人物一个个逃亡到大洋上的伦敦，仿佛偌大欧陆已无立足之地，西欧自顾不暇，至少已不再是答案了，俄国必须自己重找出路；更深的绝望则指向这一整代欧化知识分子，别林斯基已死，赫尔岑远走，巴枯宁被捕，所有华丽的、雄辩的、高远如好梦的滔滔议论一夕间消失。比起单纯噤声更让人不能忍受的是变节，其中最骇人的当然是巴枯宁那份声名狼藉的《自白》（一八五一），他在狱中上给沙皇，满纸卑屈求恕之语，这所有一切原来如此一戳即破，没用，还败德。

一八五六年，七载长夜之末，屠格涅夫先写出了《罗亭》（很建议和《父与子》一并读），对屠格涅夫这样一个彻底欧化一生不退的自由主义者而言，这当然是一部最悲伤的小说。罗亭这个人物据悉是依巴枯宁写成的，但其实就是他们这一代人、是相当成分的屠格涅夫自己。抱怨《父与子》对下一代年轻人不公正的人尤其应该也读《罗亭》，他写罗亭比写巴札罗夫下手要重，狠太多了，仿佛打开始就设定要暴现他嘲笑他（自己）——罗亭是那种春风吹过也似的人物，仿佛无所不知、无所不能议论，而且再冷的话题由他来说都好听有热度，如诗如好梦如福音。但屠格涅夫真正要让我们看到的是，这样的人、这些个议论撞上现实世界铁板的狼狈模样。那是一连串荒唐的失败，甚至在失败到来之前人就先懦怯地逃了，农业开发不行，挖运河不行，连谈个真实恋爱都不行。罗亭一事无成,只时间徒然流去,只人急剧地老衰。

屠格涅夫对罗亭仅有的温柔是,几年后他多补写了一小段结尾如赠礼,给了罗亭一个体面的、巴枯宁理当如此却无法做到的退场——时间正是一八四八年,地点是革命风起但又败象毕露的巴黎街垒,一个华发的、身披破旧大衣的瘦削男子,以他尖利的嗓音要大家冲,但子弹击中了他,他跪下去,"像一袋马铃薯"。

一八四八年之后,已中年了或初老的这一代罗亭,由此有了个很不怎样的新名字,如秋扇如见捐的冬衣,叫"多余的人"。

《父与子》这部命名就已一分为二的小说,于是这么一刀两半——西化人士和斯拉夫民族主义者,自由派和民粹派,温和派和激进派,改革者和革命者,以及应该是最根本的也最难真正消弭的,因为有生物性基础:中老年人和年轻人。

这个二分历史大浪一路冲进二十世纪的红色革命之后依然其势不衰。所以说,《父与子》即便到了二十世纪也很少被好好读,或说,一直被奇奇怪怪地读——极仔细极挑眼,凶案现场鉴识那样不放过任何一字一句的可利用线索;同时又最粗鲁最草率,但凡无法构成罪证或用为攻击武器就一眼扫过,或更糟糕,夸大地、扭曲地、随便地解释。这真是一部不幸的小说。

说现在应该是好好来读《父与子》的时候,并不是说此一二分浪潮已然止息,我们等不到这样的时日,人类历史也永远没这样的时日,我们活在一个动辄二分且二律背反的世界,人那种不用脑的激情也源源不绝,这就是人,"人真是悲哀啊"(美空云雀)。但从好的一面来说,这也是文学的力量吧,一部厉害的作品，总会深深触到人很根本的东西，几乎是永恒的东西，好作品总生风生浪。比如，中老年人和年轻人的二分，事实上，今天的"年纪战争"或"憎恨老人"显然比屠格涅夫当时更炽烈更普遍，也更反智放肆，所以，应该还没到历史最高点，对吧？

世界冷差不多就可以了，剩下的得我们自己来——保持心思清明，并努力让它成为一种习惯，慢慢地，它会熟成为一种能力。

"我们有义务成为另一种人。"（博尔赫斯）

其　二

知道点儿《父与子》这段阅读历史的人，今天若沉静下来重读，必定会非常讶异这部小说本来面目的"柔美"——是还不到田园诗的地步，但就这几个人，这几处庄园，这里能发生最严重的事不过是一次失恋（巴札罗夫），一场虎头蛇尾毋宁说是闹剧的手枪决斗（巴札罗夫和伯父巴威尔），然后就是书末巴札罗夫的死亡，不同于罗亭，他是诊治病人时感染了斑疹伤寒死在自家床上的。

小说中的暴烈东西，就只是巴札罗夫一人那些冰珠子也似的、无比轻蔑还带着恨意、所谓"坦白到残忍"的议论，或说狠话——不是行动，从没有行动，只动嘴而已。

这部小说，屠格涅夫几乎不嘲讽。书中堪称丑角的就只有西特尼科夫这个可有可无的人。我忍不住想，这个故事要落到钱锺书手上会是何等光景，必定酣畅淋漓从头笑到尾无一人孑遗，就像他的小说《猫》那样对吧？毕竟，同样活在那种装腔作势的历史时刻，世界远远大于人，世界驱使着人，不断勉强人要这样那样，人被迫扮演自己还不会的角色，讲所知甚少的话，做各种不知后果的事云云。人不免是尴尬的、难看的，我最喜欢的日本谐星有吉弘行称之为"超出自身能耐的交际性"。

但有一个颇精巧的断言我倒同意，一般，这是同为书写者才能察觉的，因为这只隐藏在语调中、只是一种"势"——看巴札罗夫的登场架势，屠格涅夫的确本来是要嘲笑的，但屠格涅夫陷入了沉思，写下去有了不一样的发现和理解（"无法把自己变简单"）。这其实是常有的书写经验，敏锐无匹、也写过小说的赫尔岑便说："写这本小说的屠格涅夫，其艺术成分比大家所想的要多。正因为如此，他才迷了路，而且，据我所知迷得非常高明。他原来要进一个房间，最后却闯入了更好的另一间。"同此，文学史上更有名的是稍后契诃夫那部非常可爱的小说《可爱的女人》，托尔斯泰引了《圣经》中先知巴兰的故事说："契诃夫本来要嘲笑这个女人，最终却祝福了她。"

写出来的小说和书写者的"原意"不一致。我们这里把"原意"加引号，是因为这个词的强调带来误解，好像说的是之前之后两个不同的人，好像人只在构思阶段才算他本人。当然不是这样，这是连续的，而且是展开，稠密的、具体的、深向的展开，以及实现。构思阶段，事物（或说只是情节）的联系总偏向概念的、单向度的、大而化之的乃至于一厢情愿，这一处处的空白在书写里才得到补满；这些姑且的、勉强的以及并不成立的联系也到书写时才真正暴现出来，才被纠正甚至得放弃掉另辟蹊径；更好的是，有太多深向的可能性，只有固定成白纸黑字仿佛已成"实体"才呈现、才完整、才又生出再前瞻的新视野。书写不是只动手而已，事实上，书写时人的大脑活动更集中、更精纯、更炽烈且更持续，而且，不只脑而是人一整个身体，人的全身感官四面八方张开着，很多"感觉""感受"云云这样朦胧的、悬浮微粒的、微妙到仿佛尚未成形的东西至此才有余裕捕捉、才加进来、才被思索和使用。此外，还有意志差异，构思时通常并不真的决定，书写则是真的做出选择，一系列不得不做成选择（所以犹豫、恐惧、不舍不甘心……），提笔是决志而行，玩真的了，马鸣风萧萧。

因此，书写成果必然大于、深于、好于构思（只除了构思里那些本来就该删除的不成立幻想），这一通则甚至成为书写成败的一个判准——如博尔赫斯说的，一部小说如果和构思的完全一样，那真是天底下最没劲的东西。

唯一可称之为风险的是，书写者最终可能变得太宽容。理解总冲淡掉一些怒气和恨意。

没等到对巴札罗夫的嘲讽（"不曾看到理所应有的抵抗"），大大激怒了屠格涅夫这一代、这一边的人；可下一代、另一边的人并不领情，除了少数那几个（如毕沙洛夫），年轻人仍认定这是诋毁、是侮辱。我猜，最不可原谅的是巴札罗夫的死法，死得如此无声无味，而且，他们认定（或说看出来了），致命的不是伤寒沙门菌，而是安娜·谢尔盖耶芙娜·奥金左娃，她拒绝了巴札罗夫的求爱，天神也似的巴札罗夫怎么可以栽在这样一个女人手里呢？

屠格涅夫自己曾这么讲巴札罗夫及其死亡："我把他构想为一个沉郁、质野、巨大、已一半挣出泥土、强有力、讨人厌、诚实、却因为还只算站在未来的门前而命定毁灭的人。"——站在未来门前所以注定毁灭这个未实现的想法其实相当精彩，我想屠格涅夫是真的先一步看到、深深有感于某个真相。的确，在我们这个人类世界，超前众人一大步察知、觉醒、习得并坚持某些东西，通常是危险的，像过早的花蕾结在还太寒冽、满满敌意的环境里，有时，光是太聪明、太有德、太用心高贵都会。但巴札罗夫的确没能得到这样悲伤或我们宁可称其为"悲怆"的死法，这几处过家常日子的俄国老庄园提供不了这样的死，也可以说，一八五九年彼时仍如永夜的俄罗斯还太早。

但别弄错了，奥金左娃可不是为毁巴札罗夫而生，这位美丽的、生命阅历远超出她年纪的有钱寡妇，是个远比巴札罗夫更复杂更完足成立的人物（比起来，巴札罗夫的求爱更像通俗故事里的莽撞年轻人）。奥金左娃慷慨接待他，感受到那扑面而来如未来风暴的强大力量，也被他吸引，但还远远不到昏头没自我的地步；她其实是善意的、温柔的，带一点应该可被宽恕的虚荣和自私。事实上，书末巴札罗夫死前，无惧感染赶到病榻前送走他的也是奥金左娃，不当啦啦队而是小说阅读者来看，这很动人，于真人真世界已算奢求程度的动人。奥金左娃的情感微妙分寸，以及她做决定前前后后的暧昧复杂心思分寸，还有她真诚但有限度的同情和负疚，这很难写好，是卡尔维诺所说真实稠密人生和充满间隙文字的无法穷尽落差，这些在书写时才——浮现并不断折磨书写者的毫厘之差变化，把小说带往未知但更准确更丰饶的路。

小跟班阿尔卡狄也是，尤其最后一场，他极兴奋、却也有点背叛巴札罗夫之感地只身跑回奥金左娃家，不是找他以为自己跟着倾慕的奥金左娃，原来是那个安静的、如一直站阴影里的妹妹卡婕琳娜才对——阿尔卡狄这个"长大"和恋爱写得实在精彩，我们会忍不住翻回前头去找，但没事发生，也没有他"觉醒"的一点，更不靠冲突决裂，无需弑父弑师这种俗烂狗血情节，阿尔卡狄就这么不知不觉但合情合理变了、大了，甚至心智成熟度越过了他的导师。最终一次，他和巴札罗夫告别那一段，毋宁说更像悲伤的父亲看着闹别扭的小孩远去，而阿尔卡狄果然也没悲伤太久（补上这个，是屠格涅夫最厉害的地方之一）。

还有决斗受伤后的巴威尔，被巴札罗夫强吻后的小女人费多西娅，都是写得精彩的部分。

这就是赫尔岑说的"艺术成分比大家想的要多"。敌我二分的过度激情阅读，把我们拉回那种最初级的、小孩子也似的听故事方式，这当然是返祖，是大退步。小说早就不是情节性地只注意发生什么事，小说更宽广也更富耐心地关怀这之前和之后，因为这样才完整，这才是理解，才是事件加上世界，才得到意义。尤其之后，人们遗忘了，相关人等失去重要性了，退下舞台了，对其他文体不再感兴趣了，就只有小说像罗得之妻那样回头深深多看一眼，仿佛要完完整整记住它。"我记得"，这是小说之德，是这个文体最独特的温柔。

如格林《喜剧演员》书末——小说留下来处理尸体，整理遗嘱。

《父与子》的双方冲突只在言词上斗勇耍狠，我想，上一代的不满在于屠格涅夫总是让巴札罗夫占上风。但这么写也许并非偏颇，只是简单事实。关键在此——这应该是这部小说被引述最多的段落，都出自巴札罗夫之口："目前，最有用的事情是'否定'，所以，我们否定。""（否定）一切。""首先必须清理地面。"

如此，巴札罗夫是不可能输的，因为他完全没东西要防卫，没有道德顾虑及其负重，不需举证。但日后一百五十年的斑斑历史，这样清理掉一切自然会生长出好东西的想法已证实是人类最糟糕的幻想，只制造灾难，倒退回原始和野蛮；更糟糕的是，今天居然还一代一代有人在使用这种辩论技巧。

当然，彼时并非全没清醒的人，赫尔岑就是一个，他不是说这样野蛮的主张不会得胜，毕竟人类历史是随机的、胡闹的，经常做出疯子也似的决定（"历史利用每一桩意外，同时敲千家万户的门，哪个会打开，这谁知道呢？"），而是——赫尔岑说，一群野蛮人扫掉糟糕的旧世界，只留满地疮痍和废墟，而且只能够在上面建立起更糟糕的新专制，这，凭什么我们该表示欢迎、该努力让他们获胜？

但我更想引述的是当时卡特科夫的看法，这也是个读进小说的人。

《父与子》里巴札罗夫的另一句名言是："一个化学家胜过二十个诗人。"意思是，一个李远哲（1986年诺贝尔化学奖获得者）胜过普希金加荷马加莎士比亚加李白杜甫王维苏东坡云云，这显然是搞笑，但巴札罗夫可不认为搞笑。

李远哲好歹也拿了诺贝尔奖，而巴札罗夫的化学家呢？卡特科夫很正确看出来，他挥舞的不过就那几本最初级科学知识的廉价小册子而已,辅以解剖几只青蛙、用显微镜看看草履虫云云,没更多了。卡特科夫进一步指出,巴札罗夫绝非科学家,毋宁说只是新布道家,他对真正的科学毫无认识(从内容到精神。民粹和任何专业皆不兼容),甚至不真的感兴趣,否则他会更苦心地研究深造而不是喋喋狂言。他只是奉科学之名一如教士祈祷所说的"奉主耶稣圣名",科学是新宗教祷词,是新口号,最终,就仅仅是新口头禅。

日后,这也不幸完全言中。

要到整整(不止)半个世纪之后,瓦尔特·本雅明才提出那个"土耳其木偶棋弈大师"之说,指出真正有力量获胜的不是唯物主义,唯物主义只是木偶,真正下赢棋的是躲在木偶里头的神学——《父与子》早早察觉了,还实体地创造出巴札罗夫这个人来,多厉害。

巴札罗夫"有力量但没内涵"("力量"和"内涵"四种排列组合中最差也最危险的一种),或我们该宽容点说,来不及有内涵。毕竟,他真的还太年轻了,如钱锺书说的,年纪太轻,时间太短,"装不进去";巴札罗夫色厉,不得不色厉,因为内荏(如果连自己内涵不足都不晓得、没自觉,那就有点糟了)。他是光年轻就构成全部的宽容理由,连最不谈宽容的法律都如此,我们只祈盼有点界限,别错到无法收拾无法弥补。

也毕竟,在俄国这一切都还太早,才一八五九年,年轻的俄罗斯。

巴札罗夫无声无息死了,但其实也非全无价值,我相信这是屠格涅夫费心的文学安排,给了他另一个接近神的位置,尽管新一代绝对不领情乃至于无感——这我们今天已熟悉到甚至隐隐是一个典型,一种书写套路。巴札罗夫是天使,面目狰狞的天使,他短暂来过,让每个人都因他变得更好,世界加上他再减去他,隐隐多了点幸福。

熟悉屠格涅夫小说的人都知道,他太精细而且太抗拒神圣的根本思维,很不容易肯这么写。

每一个人,只除了巴札罗夫的一对老父老母,他们只得到一个再没人来探访的孤坟。这两个只负责流泪的老人,是整部小说最悲伤的人物,却也是写得最简单最扁平的角色。

注:文中引用出自繁体字译本,有与简体字版本不一致之处,从原文,不一一替换。

(原载《江南》2024年第5期)

唐诺,毕业于台湾大学历史系,著有《求剑:年纪·阅读·书写》《眼前:漫游在〈左传〉的世界》《尽头》等。

活着为了虚构

◎ 邵毅平

一

一九五五年七月的一个晚上，在马尔克斯作为《观察家报》特派记者被派往欧洲的前夜，诗人杜兰来到他在波哥大的房间里，为《神话》杂志向他索稿。马尔克斯正好刚把自己的稿子看了一遍，把他认为值得保存的收了起来，把那些没用的都一撕了之。于是杜兰开始在废纸篓里翻找起来，忽然，有个东西引起了他的注意。"这篇东西太值得拿去发表了！"那是从已出版的《枯枝败叶》（1955）里删下来的一个完整章节，马尔克斯解释说，它最好的去处当然只能是废纸篓了。杜兰不同意他的看法，认为它在《枯枝败叶》里确实显得有点多余，但它独立成篇反而具有了特别的价值。马尔克斯为了让他高兴，同意他把撕碎的稿子用胶带贴起来，作为一个短篇小说单独发表。"我们给它安个什么题目好呢？"杜兰问。"不知道，因为这只是一篇伊莎贝尔在马孔多观雨时的独白。"马尔克斯回答。于是杜兰在稿子上写下"伊莎贝尔在马孔多观雨时的独白"，这成了它的标题。

"我最受评论界，特别是最受读者们赞誉的短篇小说，就是这样被从废纸篓里挽救出来的。"马尔克斯这样完成了富有戏剧性的叙述。他讲述了一个关于写作的励志故事，里面有作者对于写作的敬业态度，有好编辑慧眼识货的动人情节，也有一不留神便成功的名作传奇。然后他回到"如何写小说"的主题，告诫年轻作者要严肃认真地写，哪怕一本也卖不出去，哪怕得不到任何奖励；要舍得把不满意的统统撕掉，就像自己以身作则的那样。

不过，这一次的经历并没能阻止我继续把自己认为不值得出版的稿子撕掉，反而教会我要撕得彻底一点儿，让人永远不能再把它们粘贴起来。（《如何写小说》，1984）

过了十八年，在回忆录《活着为了讲述》（2002）中，关于《伊莎贝尔在马孔多观雨时的独白》，马尔克斯讲述了另一个版本的故事：

诗人杜兰来向我告别时，我正在撕没用的稿纸。他很好奇地翻垃圾桶，想翻出点儿东西来，登在他的杂志上。他找到三四张拦腰撕开的稿纸，在桌上拼起来读了读，问我是哪儿的文章。我说是从《枯枝败叶》初稿中删掉的"伊莎贝尔在马孔多观雨时的独白"，提醒他已经用过了，曾在《纪事》周刊和《观察家报》周日增刊上发表过，用的是一模一样的题目。我记得是在电梯里匆忙答应下来的。杜兰并不在意，把它登在了他的下一期《神话》杂志上。（《活着为了讲述》，李静译，南海出版公司2022年）

原来早就有了题目，原来早已发表过了，原来还是一稿多投……美丽神话瞬间破灭。

大约他撰写《如何写小说》的初衷，是要劝年轻作者舍得割爱，以至于让他对记忆作了修改，顺便还添加了点文学色彩——正要撕稿的年轻作者，且慢着下手呵！

但同样是在《如何写小说》中，为了教诲年轻作者要严肃认真地写，马尔克斯还讲了另一件以身作则之事："那几个短篇已经不成问题：它们都进了垃圾桶。我在不多不少一年之后把它们重读了一遍，从这种有益的距离看去，我敢发誓——也许事实真是如此呢——它们根本就不是我写的东西。它们是过去一个写作计划的组成部分，我本来计划要写六十篇或者更多的短篇小说，来描写居住在欧洲的拉丁美洲人的生活，可它们的主要缺点是根本性的，所以还是撕了为好：连我自己都不相信那里面写的鬼话。"马尔克斯这次说的却完全是实话。

关于这个庞大的写作计划，即以六十多个短篇来写居住在欧洲的拉丁美洲人的生活，马尔克斯确实有过，也确实没能全部完成。但至少完成了一部分，大约五分之一，那就是《十二个异乡故事》（1992）。在该书的序言中，马尔克斯回顾了该书长达十八年的艰难形成史，以及它背后的写作故事。从一九七四年开始，他在一个学生用的作业本上陆续积累了六十四个素材，以及相关的各种细节，都是发生在旅居欧洲的拉丁美洲人身上的奇闻逸事。一九七六年，他发表了其中的两个故事。大概因为另两个故事难产了，以致他把这个笔记本遗失了。一九七八年，他重建了其中三十个素材的笔记，过程之艰辛不亚于把它们写出来。接着，他又狠心地剔除了那些他感觉难以处理的素材，最后仅剩下十八个素材，其中的六个写到中途又被他扔进了废纸篓——《如何写小说》中说被撕掉的，应该就是这六个故事，幸存的则成了《十二个异乡故事》。"一个好作家被欣赏，更多的是由于他撕毁的东西而非他发表的。"《十二个异乡故事》十八年的艰难形成史及其背后的写作故事，证实了马尔克斯对待写作严肃认真的敬业态度，与他关于《伊莎贝尔在马孔多观雨时的独白》的传奇形成了有趣的对照。

二

再来看看《百年孤独》那个著名的开头吧。在一九六七年九月五日与略萨的对谈中，马尔克斯自称："我写《百年孤独》的最初想法就来源于一幅画面：一个老人带一个小男孩去见识冰块。""我从十六岁就开始写《百年孤独》了……不仅如此，我那时就把第一段写出来了，和现在出版的《百年孤独》的第一段一模一样。"但年轻一代的哥伦比亚作家巴斯克斯不买老前辈的账："马尔克斯坚称自己在青年时期就已经想好了《百年孤独》的第一段，而且和后来正式出版的版本一模一样，我们知道他肯定是在撒谎。可那种谎言只是他独特而犀利的叙事风格的延续，他从那时起已经想要刻意且谨慎地把自己打造成传奇了。"（《两种孤独》，侯建译，南海出版公司2023年）果然，整整过了四十年，我们见到了关于这个著名开头如何诞生的另一种自述："我从二十（八）岁开始出书，三十八岁已经出了四本。当我坐在打字机前，敲出'多年以后，面对行刑队，奥雷里亚诺·布恩迪亚上校将会回想起父亲带他去见识冰块的那个遥远的下午'时，压根不知道自己想说什么，这句话从哪儿来，将往哪儿去。"（2007年3月26日在第四届西班牙语国际会议开幕式上的演讲《敞开心扉，拥抱西语文学》）原来如此！

在回忆录《活着为了讲述》里，他提到最早构思的长篇小说叫《家》，他想写一部发生在哥伦比亚加勒比地区的有关"千日战争"的书。"我认为我会写一本小说，取名《家》，讲述一段家族传奇，类似于我所在的家族，背景是尼古拉斯·马尔克斯上校（他外公）白打的那些仗。起这个书名，是因为我不想让情节离开这个家。我写了若干个开头，设计了部分人物，起的全是家人的名字，后来还用到了其他书里。"

但小说《家》写了六个月后，成了一出乏味的闹剧，最后只剩下了个书名：

陪妈妈去阿拉卡塔卡的卖房之旅把我从深渊中拯救了出来，让我决定写一部全新的小说，迈向全新的未来。此生有过无数次旅行，这是决定性的一次，让我亲身体会到想写的《家》只是胡编乱造，堆砌辞藻，无诗意根基和现实基础，那次旅行让我恍然大悟，《家》遭遇现实，只能粉身碎骨……旅行归来，我旋即动笔。无中生有、虚构杜撰已无用处，原封不动地保留在老宅里、不知不觉间牵动的感情才弥足珍贵。自从我在镇子滚烫的沙土地上迈出第一步，就发现我耗时耗力，寻求所谓的正道去讲述那片令我魂牵梦萦、已是一片荒芜的人间天堂，走上的却是迷

途……那次陪妈妈回阿拉卡塔卡，我亲眼看到了镇子，和胎死腹中的那本小说里呈现的完全不同。(《活着为了讲述》)

这从《家》脱胎换骨而来的就是《枯枝败叶》。由此可见，一九五〇年陪妈妈去老家的卖房之旅是他写作生涯的转折点，这时他已满二十三岁了，《百年孤独》的那个著名开头连影子都不知道在哪里。那个想写一段家族传奇的念头，还将在他的脑海中继续盘旋十五年。

多年以后，面对马尔克斯各种自相矛盾的花样解释，人们终于找到了这个著名开头的来历，那就是鲁尔福的《佩德罗·巴拉莫》(1955)："雷德里亚神父很多年后将会回忆起那个夜晚的情景。在那天夜里，硬邦邦的床使他难以入睡，迫使他走出家门。米盖尔·巴拉莫就是在那晚死去的。"那是一九六一年马尔克斯举家移居墨西哥城后不久，当时他已经写了五本书，觉得自己走进了一条死胡同，正在绕着同一点打转转，到处寻找一个可以从中逃脱的缝隙，希望找到一种既有说服力又有诗意的写作方式。就在此时，有人介绍他读了鲁尔福的《佩德罗·巴拉莫》。"那天晚上，我将书读了两遍才睡下。自从大约十年前的那个奇妙夜晚，我在波哥大一间阴森的学生公寓里读了卡夫卡的《变形记》后，我再没有这么激动过……当有人告诉卡洛斯·维罗，说我可以整段地背诵《佩德罗·巴拉莫》时，我还没完全从眩晕中恢复过来。其实，不只如此——我能够背诵全书，且能倒背，不出大错——并且我还能说出每个故事在我读的那本书的哪一页上，没有一个人物的任何特点我不熟悉……我说这些，是因为对于胡

安·鲁尔福作品的深入了解,使我终于找到了为继续写我的书而需要寻找的道路。"(《对胡安·鲁尔福的简短追忆》,莫娅妮译)

四年以后,福至心灵。一九六五年的一天,马尔克斯带着妻子和两个孩子到阿卡普尔科去旅行,途中他终于恍然大悟:"原来,我应该像我外婆讲故事一样叙述这部历史,就以一个小孩一天下午由他父亲带领去见识冰块这样一个情节作为全书的开端。"(《番石榴飘香》,林一安译,南海出版公司2015年)于是他半路掉头回家,开始动笔写《百年孤独》,一写就写了十八个月,该书到翌年八月大功告成,于后年五月闪亮问世,成为引爆"文学爆炸"的核弹。

三

关于马尔克斯自述的真真假假,不限于他的写作生涯。略萨曾提及关于他年龄的一桩逸事:"关于《弑神者的历史》(1971),我还记得一桩逸事。书中关于马尔克斯的个人信息都是他本人提供给我的,我相信了他。但是有次我乘船去欧洲的途中,船在哥伦比亚的一个港口停靠了一下,马尔克斯的所有家人都在那里,他父亲问我:'您为什么要改变加比托的年龄呢?''我没有改变他的年龄,他提供给我的信息就是那样。'我回答道。'不,您给他减了一岁,他的出生还要再早一年。'回到巴塞罗那后,我向他转告了他父亲对我说的话,他非常不自在,甚至刻意改变了话题。那绝对不是马尔克斯疏忽大意的结果。"(《两种孤独》)这让我们想起了《儒林外史》里的"活神仙",说是活了三百多岁,其实却只有六十多,然后就"忽然死起来"。年龄的虚构往往也是打造传奇的必要工序之一。

在《活着为了讲述》的扉页上,马尔克斯写了三句题词:"生活不是我们活过的日子,而是我们记住的日子,我们为了讲述而在记忆中重现的日子。"而所有的讲述或记忆,都可能只是一种虚构,真真假假,虚虚实实。在一九六七年六月初的一次采访中,记者提到:"他始终带着一副'冷漠脸'写作,据他自己所言,他在写小说时通常会把可信的和不可信的东西交织在一起,它们既源自他经历的、储存于记忆中的现实生活,也源自擅长讲故事的家人和其他一些人带着'冷漠脸'给他的童年生活塞入的那些形形色色、让人窒息的幻想。"(《两种孤独》)我们须要记得,他可不仅仅是在写小说时如此,可能在写散文和自传时也如此。

然而,所有的虚构最终都会成为现实,比如《红楼梦》里的大观园、《追忆似水年华》中的贡布雷、山西普救寺里的张生跳墙处、伦敦贝克街221B的福尔摩斯故居……还是王尔德的那句话:不是艺术模仿生活,而是生活模仿艺术。《百年孤独》里写到的一九二八年香蕉种植园大屠杀,真相始终无迹可寻,根本找不到任何直接或间接的证据。"把这个挥之不去的事件写进小说时,我将脑海中盘桓多年的恐惧化为确切的数字,对应事件的历史性,将死亡人数定在三千。虚构最终成为'现实':不久前,在香蕉工人大屠杀纪念日,参议员发表讲话,倡议为死于军队之手的三千名无名烈士默哀一分钟。"(《活着为了讲述》)就像这样,马尔克斯极尽夸张之能事的"死了三千人,用一列两百节车厢的火车装着投进大海"的说法,便成了关于香蕉种植园大屠杀的唯一信史

(仅有的疑点可能只是个数学问题：两百节车厢装三千具尸体，平均每节车厢只装十五具，好像有点过于"奢侈"了）。

"不这么写，能怎么写？"（1996年4月12日在波哥大"哥伦比亚论坛"上的演讲《不一样的天性，不一样的世界》）马尔克斯反问道。他问得有道理。历史的缺失处，文学会来填补。

孟子曰，尽信书，则不如无书。然而尽不信书，则无书。比较合理的读书法，也许是不尽信书吧。不尽信书，则有书。

（原载《书城》2024年第3期）

邵毅平，复旦大学中文系教授，著有《今月集：国学与杂学随笔》《东洋的幻想》《文学与商人》等。

想象的边界和可能：阿西莫夫的宇宙论

◎ 吴雅凌

一

古希腊作者赫拉克利特有一句箴言，很可以用来检验古往今来的文学书写。

ψυχῆς πείρατα ἰὼν οὐκ ἂν ἐξεύροιο, πᾶσαν ἐπιπορευόμενος ὁδόν· οὕτω βαθὺν λόγον ἔχει.

你找不到灵魂的尽头，就算行经每一条路；灵魂有多么深奥的逻各斯。[①]

这句箴言由两个半句组成，灵魂（Psyche）开头，逻各斯（Logos）收尾。前半句勾勒出第二人称的"你"的寻索过程，灵魂

[①] 这句箴言出自第欧根尼在《名哲言行录》（9.7）中的转述，在 D.K. 版《前苏格拉底哲人残篇》中排为第45条赫拉克利特残篇，参见 H. Diels, rev. W. Kranz, *Die Fragmente der Vorsokratiker, griechisch und deutsch*, von I, Berlin-Grunewald: Weidmannsche Buchha ndlung, 1951, p.161。

走遍世间路,极尽艰难曲折,总也走不到头,如在迷宫中。希腊文peirar指时空的终结,世界的尽头,或事情的结局。时空二维在一定程度上规定人间世的诸种边界。后半句剑锋一转,照亮一种升维可能,使灵魂无限趋向逻各斯。赫拉克利特残篇多次说起"永在的逻各斯",某种与一或神或智慧相连的绝对标准,单凭人的经验或认知不可捕捉。无独有偶,逻各斯的修饰语"深奥的"(bathus)在荷马史诗中指向神王宙斯的圣心。[1]如果说前半句是地基,后半句就是穹顶,有如神来之笔,给困在迷宫中的灵魂一个阿里阿德涅线团,指点一条上行的路。赫拉克利特一句话拥抱乾坤万象。

古往今来的文学书写,困在赫拉克利特前半句的多,冲破边界闯进后半句的少。通常说来,捕捉到一块碎片的迷宫风景就够迷人了,若能搭建文字的迷宫,乃至思想的迷宫,则无愧为现代性文学的斐然成就。问题在于,游戏规则是走遍每条路看尽风景,还是尽快出迷宫?在古神话里,英雄必须挥剑斩杀镇守迷宫的牛头怪,斩断人心深处豢养的心魔,在借助国王女儿的线团出迷宫后,还要在回家路上遗忘她,抛弃她,以此斩断最后一丝灵魂的贪念。阿里阿德涅线团只有一次不能复制,紧紧攥在手中有时,放手有时。

俄罗斯犹太裔美国作家阿西莫夫(Isaac Asimov, 1920—1992)为代表的现代性文学书写有可能在赫拉克利特的这句箴言里走多远?这是本文做小小试验的关切所在。阿西莫夫极多产(据不完全统计一生编撰图书不下五百册),而他本人认同的第一写作身份

---

[1] 荷马《伊利亚特》19.125:深奥的心(φρένα βαθεῖαν)。

是科幻小说家。①作为现代科幻小说家,阿西莫夫拥有极罕见的整全知识结构。这位波士顿大学的生物化学教授不但文理兼通,更能融贯古今,其著述据说涵盖了现代图书馆分类系统的各大类别,这里仅举三类,一类是科学论著、教科书和科普作品,一类是自古埃及希腊罗马至二十世纪美国的政治史著述,还有一类是《圣经》以及西方历代文学经典的注释。在我看来,这些分门别类的现代学问合并构建了阿西莫夫科幻小说的古典学问底色。

阿西莫夫在科幻小说领域也极多产,其中最为人熟知、贡献最持久的②莫过于"基地系列""机器人系列"和"银河帝国系列"。这三大系列小说合在一起,构成完整的阿西莫夫银河故事。③

机器人系列(The Robot Series):公元3000年前后,地球生活濒临终末,人类拥挤在匮乏的城市钢穴。走出洞穴有两条路,或如太空族依赖机器人建造五十个近地殖民星球,或如地球人将

---

① "无论我的写作主题多么多样,我首先是一名科幻小说家,我也希望被视同一名科幻小说家。"参见 *Asimov, Isaac* (1980), Joy Still Felt, New York: Avon. pp. 286-287。

② 阿西莫夫本人相信这几个系列小说是他的最持久的贡献,参见 Stanley Asimov (ed.), *Yours, Isaac Asimov: A Life in Letters*, Penguin, 1996, p. 329。

③ 本文参考艾萨克·阿西莫夫《银河帝国》(全套15册),叶李华译,江苏凤凰文艺出版社,2012年;Isaac Asimov, *The Foundation Novels 7-Book Bundle: Foundation, Foundation and Empire, Second Foundation, Foundation's Edge, Foundation and Earth, Prelude to Foundation, Forward the Foundation*, Random, 2014; *The Robot Trilogy: The Caves of Steel, The Naked Sun, The Robots of Dawn*, Del Rey, Ballantine, 1986; *Robots and Empire*, Del Rey, Ballantine, 1986,并随文标注书名出处。

机器人视同禁忌，凭靠己力在星际远航扩张。后者成为第一银河帝国的前身。

银河帝国系列（Galactic Empire Novels）：以第一银河帝国的崛起为背景。第一银河帝国约诞生于公元10000年，在银河纪年12000年前后走向衰落（银河元年约等于公元10000年）。

基地系列（Foundation Series）：基地元年（即银河纪元12069年）至500年前后，第一银河帝国衰亡之际，谢顿计划问世，端点星和旧都川陀分设第一第二基地，旨在将第二银河帝国兴起以前的动荡期缩短为一千年。

"银河帝国系列"[①]的时空设定和人物情节相对独立，暂且放到本文的考量范围之外。相比之下，"基地系列"和"机器人系列"经历阿西莫夫的两次创作期而日臻完善连成一体。前期小说精彩纷呈，名气也最响。1950年代，阿西莫夫三十而立，想象力勃发，生造出"机器人学"（Robotics）、"机器人学三大法则"（Three Laws of Robotics）、"心理史学"（Psychohistory）、"正子脑"（Positronic）等脍炙人口的传世科幻术语。

基地三部曲：《基地》（*Foundation*，1951），《基地与帝国》（*Foundation and Empire*，1952），《第二基地》（*Second Foundation*，1953）

[①] "银河帝国系列"包括《苍穹一粟》（Pebble in the Sky, 1950），《繁星若尘》（The Stars, Like Dust, 1951），《星空暗流》（The Currents of Space, 1952），等等。

机器人系列：《钢穴》（*The Caves of Steel*，1954），《裸阳》（*The Naked Sun*，1957）

时隔近三十年后，阿西莫夫再添六部小说，表面看来不及前作耀眼，对于阿西莫夫科幻小说的宇宙论而言却至关重要。五十知天命。或许还与小说家自1970年代屡受疾病和死生考验有关[1]，阿西莫夫转而关注起源与超越两大古典命题，重新检视而立之年建构的小说世界，而难得的是，他逐一化解乃至破解上述诸种现代术语。

机器人系列：《曙光中的机器人》（*The Robots of Dawn*，1983），《机器人与帝国》（*Robots and Empire*，1985）

基地系列：《基地边缘》（*Edge of Foundation*，1982），《基地与地球》（*Foundation and Earth*，1986），《基地前奏》（*Prelude to Foundation*，1988），《迈向基地》（*Forward the Foundation*，1993）

严格说来，没有后期小说，阿西莫夫的宇宙论是不完整的。由于"机器人系列"与"基地系列"分别聚焦银河文明的两大转折期（从地球到银河，从第一银河帝国到第二银河帝国），在阿西莫夫三十岁的创作中两个系列彼此独立，直到六十岁的补笔才将断裂的碎片拼成一张整全的图景，实现古典文学标配的环形结构。后期的"基地系列"推翻前期建构的"心理史学"两大公设，某种程度上

---

[1] 阿西莫夫于1992年去世，最后一部小说《迈向基地》问世于1993年，以心理史学家谢顿的临终自述作为小说尾声，在一定程度上犹如阿西莫夫本人的最后的自白。

宣告了谢顿计划的失败。[①]后期的"机器人系列"破解前期建构的"机器人学三法则"[②]，重新规定凌驾其上的"第零法则"，进而从"机器人学"升级为"人学"，沉思银河文明的出路问题。

就全部银河小说的叙事时间而言，1954年《钢穴》从地球出走，1985年《基地与地球》寻找已经为世人所遗忘的地球真相，走出洞穴又回到洞穴，历时两万年，从地球终末到银河终末，天外有天，上出的路未断。在我看来，如果说阿西莫夫在三十岁时天才地搭建了一座瑰丽的想象迷宫，那么他在六十岁时没有止步受困在赫拉克利特箴言的前半句，而是如有神助冲破边界，让人赞叹地闯进赫拉克利特的后半句，也让人得以一窥何谓现代文学的灵魂的逻各斯。因为这样，本文关乎阿西莫夫政治神学-政治哲学的探究变得可能。

二

在阿西莫夫的银河故事中，有一个人物并且只有一个人物贯通始终，上下两万年，行遍天下路。他就是与旧约先知Daniel（和合本译"但以理"，思高本译"丹尼尔"）同名的人形机器人但以理·奥利瓦（R. Daneel Olivaw）。虽系机器人，但以理在小说中

[①] 心理史学第一公设：涉及足够庞大的人口数目，使高等数学和统计学成为可能。第二公设：人类不知心理史学的预测，以免受其影响。随后发展出的第三公设：人类是银河的唯一智慧生物。

[②] 机器人学三大法则：一、机器人不得伤害人类，或因不作为而使人类受到伤害；二、除非违背第一法则，机器人必须服从人类的命令；三、在不违背第一及第二法则的情况下，机器人必须保护自己。

的设定更像人中的人，乃至超人，或隐匿的神。在希伯来词源中，但以理（Dānīyyē'l）的字面意思是"神是我的审判者"，或"神圣的审判"。

机器人但以理和《旧约》中的但以理一样，"相貌俊美，通达各样学问，知识聪明具备"①。《旧约》中的但以理本系以色列人，一生侍立在外族君王的宫中，从巴比伦王尼布甲尼撒，到波斯王居鲁士大流士，而能保"有美好的灵性"②，在狮子坑中出入无疾。机器人但以理在银河两万年，辅佐一代代人类领袖，从太空族到银河殖民者，一度担任银河帝国末世皇帝的御前首相，而实现人类福祉的初心不变。《旧约》中的但以理擅长释梦，在异象中预见以色列和世界的遥远未来，在阿西莫夫的银河故事中，机器人但以理恰恰扮演一模一样的角色。

阿西莫夫以《圣经》人物为小说人物命名，并非仅此一例。"机器人系列"的主人公以利亚·贝莱（Elijah Baley）与列王时代的以色列先知以利亚同名，而他的妻子是地球怀古分子，与《列王记》中狂热信奉巴力旧神的耶洗别（Jezebel）同名。以利亚在地球终末时代崛起，率领人类在银河四处落地生根，呼应《旧约》中的以利亚升天并在末世降临等掌故。

正如神照着自己的形象造人③，太空族萨顿博士（Roj Nemennuh Sarton）照自己的形象造了机器人但以理。但以理如此酷似人类，连最高明的机器人学专家也难辨真假。地球怀古分子反对发

---

① 引自《但以理书》1.1。
② 引自《但以理书》6.3。
③ 参见《创世记》1.26。

展机器人新技术，密谋摧毁但以理，不料误杀了萨顿博士（《钢穴》）。但以理一问世，他的创造者代他死亡。人为机器人偿命，造物主为被造物受死，神为人的救赎而牺牲。阿西莫夫的政治神学接通了犹太基督宗教传统中的受难复活理念。

但以理的新生还与两个机器人的死亡相连。一个是与他同款的人形机器人詹德（R. Jander Panell），詹德被终结运作（《曙光中的机器人》），这使但以理成为银河中独一无二的人形机器人。另一个是非人形机器人吉斯卡（R. Giskard Reventlov），外观原始落后，但能感应和影响人类的心灵。吉斯卡在终结运作前将心灵技艺传给但以理（《机器人与帝国》），这让但以理在继承萨顿博士的人类外形和以利亚的理性思考方式之外，拥有了接通灵魂的逻各斯的能力。

两万年间，机器人但以理完成了多次物理性重生，包括五次更新正子脑，轮番换遍全身零件，诸如此类。更重要的是，机器人但以理经历了多次伦理性重生，包括其创造者和同类机器人的死亡，也包括人类从地球文明到太空外围世界，从第一银河帝国到基地文明轮番交替的生灭起落，正是这一次次死亡成就了机器人但以理在两万年间长生不死的银河神话。

值得一提的是，1930年代的阿西莫夫小说并无读心机器人吉斯卡这一设定。吉斯卡首度出现于1983年《曙光中的机器人》和1985年《机器人与帝国》这两本小说，宛若继萨顿博士之后的但以理的再造者，指引他一遍遍践行、检验和升级机器人学。神秘的心灵技艺使吉斯卡不满足顺从人类这一基本的机器人设定，转而像人类那样独立地思考人类整体命运。在这个过程中，吉斯卡发现自己时时受限于机器人学三大法则，最终琢磨出第零法则，也就是机器人不得伤害人类整体，或因不作为而使人类整体受到伤害。

然而，何谓人类整体的福祉？如果说三大法则是吉斯卡生为机器人的基本界定，那么第零法则本身隐藏的人类群己伦理悖论让机器人的自由意志成为一个潜在的风险问题。比如第零法则让机器人有机会不服从任何人类的意志，代之以机器人的理性判断何谓对人类整体更好。某种程度上，觉醒的吉斯卡就此抵达尼采意义的善恶的彼岸，也为此付出终结运作的代价。依据第零法则，他在没有任何人类命令的情况下，自发自主地让人形机器人詹德停摆，致使太空族无从发展高端机器人科技，并因过度依赖机器人保障的舒适生活而走向衰败；又让地球逐渐带有放射性，放射性让地球人背井离乡，也成就天生的探险家和殖民者。

吉斯卡在完成一系列神的工作之后停机。第零法则终究超越了吉斯卡生为机器人的边界和可能。吉斯卡的读心术并非其创造者法斯托夫博士（Han Fastolfe）的发明，而是博士的小女儿在无意中篡改了吉斯卡的正子脑。吉斯卡的心灵技艺有如神来之笔，就连他的人类创造者也浑不知情。某种程度上，吉斯卡直接与神沟通，并且坚决对人类保密。这神来之笔犹如阿西莫夫小说世界里的一簇火光，每一部单篇小说中的主人公，无论人类还是人造机器人，无不为此种神性时刻的降临做准备，然而，永活的火在黑暗中如灵光一现，并不以他们的意志为转移。

机器人但以理的银河神话发端于吉斯卡停摆那一刻——"他落单了，却要守护整个银河"（《机器人与帝国》）。随后两万年间，他不为人知地独自守护银河帝国的崛起和没落。作为银河神话的无数版本之一，他被讲故事的老人称为"永恒使者"，在无穷多个平行世界中选择了银河这一对人类而言最为圆满的世界，并在创世以后主动退场，好让人类成为真正的人类，拥有或自认为拥有自由意志，独立或自认为独立成就一切（《基地边缘》）。阿西莫夫的政治神学进一步接通了犹太基督宗教传统中的隐匿的神。

但传世神话从来不止一种版本，正如机器人但以理有不同化身。在帝都川陀，他是勉力减缓帝国崩塌的御前首相丹莫刺尔（Eto Demerzel），也是公然批评帝国走向衰亡的新闻记者夫铭（Chetter Hummin）。在不同族群流传的古老传说里，他或如救世主耶稣，或如变节者犹大，时而是失落的文明里的禁忌，时而是众人顶礼膜拜的圣堂偶像。耐人寻味的是，在银河故事的最后一次人类星际远航中，恰恰有一个神话学家出场（《基地边缘》《基地与地球》）。小说中的种种细节一再表明，不是古传神话（mythos）不滋养人心，而是现代神话学（Mythology）在想要派用场时偏偏不够用了。

阿西莫夫没有明说，不意味着我们不能努力往前多走一步。不仅仅是小说中的机器人发觉机器人学三大法则不够用了，而是小说家本人发现，他先前以历史学和心理学（或许还有社会学人类学神话学，诸如此类）等现代学科混合孕生的"心理史学"不够用了。一旦进入人类整体这个抽象概念，机器人学和人学纠缠不清。现代心理史学若有出路，将不得不采取小说中最后一次星际远航的做法，也就是回归地球源头，重估一切价值判断，从现代历史学回去重新认识希罗多德意义的探究（Historia），从现代心理学回去重新认识柏拉图意义的灵魂学说，诸如此类。

由于上述未解的难题，机器人但以理这个银河中隐匿的神最终选择死亡——"我快要死了……在我接受意识之初生活在银河各处的生灵如今没有一个活着,无论有机生灵还是机器人;但即使我自己也没法不朽"(《基地与地球》)。两万年后,机器人但以理容貌依旧,而浑身弥漫一股不能治愈的倦意。但以理的正子脑将与某个未成年的索拉里人菲龙(Fallom)合体——虽系地球人的后裔,但索拉里人成功进化成雌雄同体,能自如转换能量,并且拒绝被称为人类,也显然不受以人类整体为名的善恶限制。与菲龙合体,让但以理有望摆脱困扰他两万年的机器人学法则限定,进入全新未知的能力境界。机器人但以理凭借自身的死亡迎来最后一次重生。

三

阿西莫夫笔下的银河帝国有两大灵感来源,一个是他本人宣称的十八世纪英国史家吉本的《罗马帝国衰亡史》[1],另一个是他亲身经历的二十世纪冷战。历史与当下相互交织,高明的小说家往往特别擅长隐藏,而阅读的乐趣就如佩涅洛佩暗夜拆解织布。阿西莫夫的科幻小说持续影响现代文学想象的边界和可能,大约与这两种灵感相互作用构成持续有效的政治哲学问题有关。在一定程度上,阿西莫夫能够检验不同星球的共同体生活方式,进而探讨这些生活方式背后隐藏的政制秩序问题。

在小说中,银河两万年间的可住人星球不少于两千五百万个(这是银河帝国鼎盛时期的数据),但分类并不复杂,这是因为阿西

---

[1] Edward Gibbon, *The History of the Decline and Fall of the Roman Empire*, 6 vols, 1776–1789.

莫夫采取二元对立的传统叙事模式，诸如地球钢穴与近太空世界，第一基地与第二基地，物理科学与精神力学，谢顿计划与该亚星系，等等。简单说来，小说中的不同星球制度的运作方式大约有两个划分标准，一是有没有机器人参与改造，二是有没有发展出精神力场。

有机器人参与改造的星球代表，首先是五十个近太空世界，第一个是黎明星（Aurore），最后一个是索拉里星（Solaria）。为了保障长寿优越的生活品质，太空族严格控制人口增长，乃至于抛弃家庭伦常和传统的繁衍模式。依赖机器人的太空族很快陨落，两万年后黎明星只剩废墟和野狗，五十个星球中唯有索拉里星幸存下来，但如前所述，索拉里人在生理和心理上带有显著的非人特征。

没有机器人参与改造的星球文明一脉相承，从地球到地球人的第一个银河居住地康普隆（Comporellon，旧称贝莱星，纪念以利亚·贝莱参与殖民并在此去世），继而发展成第一银河帝国，又在帝国衰落时，凭谢顿计划建立两大基地，其中第一基地大力发展自然科技，迅速扩张，第二基地的存在不为第一基地所知，并且秘密发展精神力学。依据谢顿计划，两大基地相互作用促进第二银河帝国在千年后的崛起。

就在第一银河帝国形成的同时，但以理带领机器人秘密改造该亚星（Gaia）。该亚星的一切生物和非生物均被打上机器人学三大法则的思想钢印，这使该亚成为一个超级生命体，每一成员以"我=我们=该亚"自称，共享一切物性与灵性的资源消息，包括死生轮回，在巨大的整体意识循环里，每一成员有机会周期性地参与较高级的意识，所谓"该亚食该亚，无失亦无得"。每个该亚人均拥有心灵感应技艺，整个星球就是一个超级精神力场。

该亚让我们感觉似曾相识。早在阿西莫夫之前，西方现代文学史不乏这一类近乎完美的理想世界构想，从莫尔的乌托邦（1516年）到康帕拉斯的太阳城（1602年），从培根的新大西岛（1627年）到斯威夫特的拉普达飞岛（1726年），要么是取缔私有制的未来黄金时代，要么是新科学加持的未来智性世界，某种发端于柏拉图的理想国中完美城邦（Callipolis）的概念，经由卢梭的社会契约论（1762年）的现代性转变，化身为德日进最早提出的Noosphere（或译"努斯圈"）[1]概念（1922年）。

然而，依据另一条相对隐匿的思想谱系，该亚还是现代灵知运动的世俗化产物。如果说自然科技是显学，精神力学就是秘教。作为创始者，吉斯卡和但以理因机器人学法则的根本限制，极其隐蔽且谨慎地发展精神力学。第二基地有如中古世纪的秘密团契，自甘隐姓埋名在基地边缘角落发展精神力学。相比之下，该亚是人造机器人反过来改造人类的极致成就，毫无遮蔽也没有阻拦，直接进入狄俄尼索斯教的举世狂欢，实现以星球为单位的精神力场。正因为不按牌理出牌，该亚能够轻松改变对手的心灵，拥有无敌的作战能力。在《基地与帝国》和《第二基地》中，某个从该亚出逃的畸变种"骡"凭靠身上那一点心灵技艺（相较于该亚而言微乎其微，相较于基地而言强大可怕）几乎颠覆两大基地，

---

[1] Noosphere 由希腊语 νόος（努斯、心灵、智性）和 σφαῖρα（球、球体）合并构成，参见 Teilhard de Chardin, "Hominization", in *The Vision of the Past*, 1923, London, pp.71, 230, 261。另参见韦尔纳德斯基（Vladimir Vernadsky, 1863—1945）在生物地球化学研究领域将这一概念与 geosphere（岩石圈）、biosphere（生物圈）相连的扩展运用。

构成谢顿计划问世以来的最大危机。

机器人但以理就此提供两套未来人类整体命运方案,并交给人类自由选择。要么稳步推进进行一半的谢顿计划,五百年后实现第二银河帝国,要么仿照该亚模式,把银河改造成一个超超级生命体也就是该亚星系(Galaxia)。在小说中,某个土生土长的基地人选择了该亚,或者说,某个自由银河公民选择了共产银河方案(《基地边缘》)。有意思的是,这个代表全体人类做出选择的人名叫 Golan Trevize,大概意思是"三倍智慧的假人",其中 Golan 或系 golem 的谐音,本是犹太古传说中的泥人①,Trevize 或戏仿三倍伟大的赫耳墨斯(Hermes Trismegistus),是"三倍智慧"(Triplewise)的谐音。更有意思的是,在《基地边缘》篇末,人类虽选择了该亚,但问题并未解决,紧接着《基地与地球》用了整整一本小说的篇幅反反复复犹豫不决地讨论这一选择是否正确。

我们凭此得以了解小说家的政治眼光和当下关切。尽管阿西莫夫的小说生动呈现了不同传统政制下的共同体生活,诸如银河帝国的君主制、第一基地的民主制、第二基地的元老制,不一而足,然而,一旦抵达叙事的关键时刻,上述种种思辨让位给了银河冷战中的两大阵营之争。让我们尽可能保持谨慎前行。如果说第一银河帝国取材自古老罗马帝国的兴衰经验,第二银河帝国遥指美利坚建国理想的复兴,那么作为一种理想方案的该亚又依托何种现实依据?且不说逃出该亚的骡有个别称叫 Magnifico(伟大

---

① 该用语的希伯来文最早见于《诗篇》139.16,指胚胎,或神未完全造好的人。

的），小说中出场最多的该亚人名叫Bliss（极乐），与神学意义的彼岸同名，不像是偶然。

更让人在意的是，该亚与索拉里究竟有何隐秘的内在关系？该亚（Gaia）在希腊文中指大地或地球，而索拉里（Solaria）与拉丁文中的太阳（Sol）同词源。正如地球作为人类的起源独一无二，每个行星系的太阳也独一无二，大写的太阳神（Sol）指向一，与太阳神混同的阿波罗神（Apollo）有一种词源可能是"非-多（polys）"。表面看来，该亚人优先整体福祉，索拉里人追求个体自由，南辕北辙，互不相干。但细究之下，在面临一与多的困难时，双方各执两边极端，而又无比相像。比如都发生基因进化，都有非人特性，也都孤绝无比，索拉里人在两万年前选择回归地下洞穴与世隔绝，而该亚人处心积虑隐匿自己，让邻近世界误以为他们是超空间神话。再如都超越或干脆无视爱欲哲学问题，索拉里人无法忍受与人的日常面对面，彻底丧失社交关系，而该亚人的多种身份混同让每一种关系变得微妙不明。

为了最大限度地阐明想象边界与突破可能的艰难张力，古代神话常常使用一种笨拙无比的手法，也就是近乎粗暴的机器降神。表面区分神的智慧与人的哲学，实则依托宇宙论秩序，节制共同体中的个体对技艺或智性的无限追求。在一定程度上，阿西莫夫的科幻小说依托某种极大简化而仍有效的世界认知，有第一基地就要有第二基地，人类对物性与灵性的双向追求及其互相牵制，共同构成谢顿计划的原动力，正如所谓心理史学始终绕不开以洞察人性为基础的政治哲学。银河再大，说到底与原初那个朦胧的洞穴无异，政治共同体的自然状态始终介乎混沌（Chaos）与秩序

（Cosmos）之间。如果说谢顿计划指向人性的、太人性的传统帝国构想，与之抗衡的则是一种朝向未来的超越人性底线的共同体构想，一种阿西莫夫在小说中多次呼吁的如灵光一现的全新的东西。

然而，在有限的意义世界里，这种全新的东西依然是古老的。依据某种贯通柏拉图与基督宗教传统的思路，面对一与多的未解之谜，三位一体或系最高的调和方案。在阿西莫夫的最后构想中，圣父但以理的正子脑与圣子索拉里人菲龙合并，落实圣灵该亚在银河范围的大同计划。Fallom（菲龙）与古盖尔语Fallon（头领）谐音，菲龙确将但以理视同养父，也将子承父业做银河人类的新头领。耐人寻味的是，阿西莫夫在小说终场撕开一道近乎诡异的裂缝。如果说银河故事从头到尾没有真正邪恶的敌人，既无外来智慧生物入侵[1]，也没有哪个单篇故事里的反派做坏事不是为了其所信奉的人类整体福祉理念，那么，超然凌驾于机器人学乃至人学法则之上的菲龙终将成为最后构想的不可缺的助力，还是致死命的变数？三位一体的圣子本是灵魂的逻各斯（Logos），标记灵魂的道路（Poros），这条路究竟通往人类历史的终结还是未知文明的开端？阿西莫夫没有明说。在银河故事的尽头，只有菲龙射来一道深不可测的目光。

（原载《山花》2024年第12期）

吴雅凌，上海社会科学院教授，著有《修辞与方向》《黑暗中的女人：作为古典肃剧英雄的女人类型》《劳作与时日笺释》等。

---

[1] 银河故事里没有外星人，阿西莫夫也鲜少写外星人，涉及相关题材的小说，如《神们自己》（*The Gods Themselves*，1972）。

明月照大江

◎ 毛 尖

从1955年第一部《书剑恩仇录》，到1970年最后一部《越女剑》，金庸用平均一年一部的体量，向华语世界馈赠了一个永不磨灭的武侠江湖。我们这一代的青春期是金庸给的，我们这一代的近视眼是金庸给的。我们整个中学时代，主修金庸，辅修数理化。我们披星戴月看，不舍昼夜看，不看金庸的同学去了北大清华，我们没考上，但我们不怪金庸。我们有一整个江湖。

这个江湖不仅扩容了孔子对正义的解释，捍卫了司马迁的游侠正义，还在主流价值观的赛道旁，开出了辽阔的行人道。这个行人道，为无数在主流赛道里气没平愤难消的芸芸众生，点了灯。这是金庸武侠小说最重大的社会意义。比如，主流道义不支持私自报仇，但是，看着金庸的侠客们天兵天将一样扫恶杀魔，老百姓全体列队鼓掌。金蛇郎君算得上金庸作品中最执着于复仇的人，他也是金庸写得很有技巧的一个人物，他在《碧血剑》中出场和终场、他的事迹和情史，都是通过转述而来，金蛇郎君夏雪宜戮杀温姓男丁，奸污温姓女子，他畅饮仇人的哀嚎，享受他们的恐惧，甚至，为了报血海深仇，他还使用自己的男色，让五仙教何红药为爱犯下天条，助他夺取镇教宝剑。夏雪宜杀伤无数，但没有一个读者希望他死。律法可以杀夏雪宜一千次，读者也愿意保护他一千次。这是金庸小说发给蒙冤者的小小旗帜，即便是金庸小说中的大邪大恶之徒，像《倚天屠龙记》中的谢逊，像《天龙八部》中的萧远山，一旦他们的血海深仇裸露出来，读者也会自动站队他们。

这是人的宽度，或者说，文艺的宽度。这种宽度在本世纪持续生成的意义，一点不亚于金庸横空出世的年代。这个宽度不仅让被碾压的人类在文本中获得呼吸，也让整个社会获得弹性，就像今天我们看《漫长的季节》，观众甚至希望杀人兄妹能逃脱法律制裁。

任何一个时代，都需要这种文本构成时代情感的宣泄渠道。清代色情小说被收缴后，《三侠五义》填补进来；二十世纪五六十年代武侠小说的蔚为大观，毫无疑问包含了民众对社会韧性和延展度的要求。所以，金庸小说会成为一种史无前例的社会现象，跟金庸承担了巨大的社会功能息息相关，就像马拉多纳的出现整体降低了阿根廷的犯罪率。时代的荷尔蒙有了宽阔的通道，社会才有风调雨顺的可能，这是小说获得它最大意义的时刻。

就金庸小说而言，很多批评家总结过，其大量套路构成，包括误会的套路、爱情的套路，所以余华说他一点不喜欢看金庸的爱情描写。这些批评大都没问题，但金庸就是有代代接力的魅力。一年又一年，金庸还在改编榜单上，一年又一年，金庸的主人公还是时代形容词，你聪明你黄蓉，你傻你郭靖，你好玩你周伯通，你走火入魔你练《葵花宝典》啊。而就我的阅读体验而言，最好的是他的群戏描写，这种群戏一方面接棒了革命文艺大场面但改变了主题走向，一方面以最激情又恐怖的方式诠释了既先秦又古希腊的崇高美学。

飞雪连天射白鹿，笑书神侠倚碧鸳，金庸世界最动人心魂的段落，都关乎群雄大战。绝顶高手会战，金庸小说中比比皆是，但有些只发生在回忆，有些就寥寥几句，包括影响少林寺百年威望的火工头陀事件，还有被无数读者想象了几十年的第一次华山论剑，都是蜻蜓点水涟漪写法，让金庸真正倾尽笔墨大书特书的，都是席卷整个江湖的大战，比如《神雕侠侣》中的襄阳保卫战，比如《书剑恩仇录》中的黑水河战役。致敬张纪中先生，为金庸复刻了很多让人灵魂出窍的大战。而在金庸所有作品中，《天龙八部》的读者好感度最高，其中一个决定性因素就是，《天龙八部》中的江湖大战最多。长期以来，萧峰一直被读者列为首席大侠，也是因为他参加了《天龙八部》所有最重要的大战，包括聚贤庄大战、少室山大战、第二次雁门关大战。这三场大战，激烈和精彩程度，即便放在金庸全部作品中，都能进入前十，而少室山一战，更是中国武侠第一名场面，《飞狐外传》的掌门人大会、《射雕英雄传》的丐帮大会也都只能跟在后面。

金庸的群戏写法，既有蒙太奇，也有长镜头，有唐宋明清侠义小说风味，又有新中国革命历史传奇气场，既展现人物冲突，又表现家仇国恨，少室山一战堪称六边形战役，一边是萧峰段誉虚竹三人，在天下英雄面前义结金兰共赴生死，一边是慕容复丁春秋游坦之决意速战速决压制三人各取所需，一边是星宿派毒杀萧峰及随从的十八匹战马切断萧峰后路，一边是群豪合围准备在萧峰身上各报各的聚贤庄之仇，一边是各方亲友团各怀心思准备接应，一边是作为地主的少林寺以及隐匿在少林寺的绝世高人准备伺机而动。六边形战场，点位复杂，还包含了多国族历史恩怨，汉人大宋，契丹辽国，大理段氏，燕国慕容家，国仇缠绕人物史，金庸左手史右手侠，有大全景全景中景近景特写大特写，他是一百年出一个的大场面圣手。这样的气场，只有金庸这种百科全书式人物才写得了。以前的武侠大场面，常是怪力角逐，金庸以后的，是乱神交战，只有金庸笔下的，是有中国地理可能性的江湖大战，而且是息息相关中国历史的大战。看过这样的群戏，才能理解人生的豪华和壮阔，理解中国的山河和岁月。

在金庸越来越可能变成古典文学的时代，国家应该参与普及金庸，用各种方式和金庸发生关系，借此让金庸和下一代发生关系，甚至，可以把金庸变成青少年修养课。通过金庸传递青春中国的美学。这种美学，不是教条的，也不是鬼畜的，是真刀真枪实践过来的，而且是流动的，而且是变化的。黄蓉，《射雕英雄传》里最灿烂的人物，到了《神雕侠侣》中，就有了人到中年的世故和退缩，然后，到襄阳大战中，她和郭靖一起重返生命高峰成为侠之大者，同时，这样的人物也让金庸的写作脱离了一般武侠的习气。他的人物有自己的因果和命运，金庸也由此为武侠写作标立了新三观。再比如郭芙这个人物。郭芙是天选之女，桃花岛"侠三代"，整个武林身世最好的女孩，但是，读者普遍讨厌她。她没有周芷若心机深重，也没有梅超风阴毒，更没有干叛敌卖友的事，大是大非面前，她也从来身正影正，但即便杨过原谅了她的断臂之失，读者也还是讨厌她。因为在金庸的美学系统中，正邪不两立虽然是主标杆，但就像主流正道边必须有人行义道一样，金庸在正邪两边设置了普通人的情感要道。你出身高贵又怎样，恃强凌弱就该死，而且很该死，郭芙要是生在当代武侠剧，那妥妥的呼风唤雨做什么周围都是一片点赞，但金庸的武侠系统没有这么封建也没有这么唯贵是图，就算你万千宠爱于一身，你还是得不到读者半片心。相反，同样出身名门的欧阳克，尽管坏事干尽，但临死关头对黄蓉的真情维护，也可以让读者对他生出好感。

所以，金庸最后会写《鹿鼎记》，表面上好像是武侠的终结，实质上是一种拓展。除开金庸身在香港的文化位置所包含的曲折意味，金庸对韦小宝、对明教的态度，本身就包含了未来徐克对东方不败的重写。《笑傲江湖》被改编成《东方不败》虽然让金庸本人万分不满，但林青霞对东方不败的塑造，却是对金庸武侠态度的一次彰显，不管他本人同不同意。同样地，灭绝师太今天会成为一种带"鬼畜"性质的称呼，也表达了读者对金庸态度的认同，那是内置在小说中的对名门正派的嘲弄和讥讽。换言之，正派的残酷比之邪派的恶毒，一样构成人间对侠的呼吁，所以，金庸笔下最受读者喜爱的大侠，常有现代的无间道性，令狐冲一直不能成为读者最爱，也是因为他先天的"君子剑"气味没有除尽。

金庸的存在，就是清风是明月。他安抚了华语世界狼奔豕突的百姓，在他们可能揭竿自毁的时候，金庸出来，重申了武侠的意义：他强由他强，清风拂山岗；他横任他横，明月照大江。

（本文系2024年3月27日，由中国作家协会主办，中国作协港澳台办公室、中国现代文学馆承办的"金庸百年诞辰纪念座谈会"上的发言稿）

毛尖，华东师范大学教授，著有《夜短梦长》《有一只老虎在浴室》《非常罪 非常美：毛尖电影笔记》等。

特德·姜：科幻小说的荣光

◎ 魏小河

一

特德·姜是一位神奇的科幻作家。出道三十年，仅仅发表了十七个短篇。更神奇的是，仅靠这十几个短篇，他就已经包揽了几乎所有重要的科幻奖项。

要知道，在小说史上以短篇闻名的作家本就不多。科幻领域内，作家们更是热衷以大部头来奠定自己的地位。只写短篇小说就获得如此成就的，可能也就特德·姜一人了。

不过，按照他自己的话说，倒不是不想写长篇，而是写不了。他说："长篇小说最适合以角色为核心，讲述长时段的故事；而短篇小说则以灵感为核心。"

而他擅长的，正是后者。

他的小说不会构架复杂的人物关系网，也没有跌宕起伏的情节冲突，往往只生发于一个想法。特德·姜厉害之处在于他会悉心照料这些想法，而不是通过大而无当的故事，转移焦点。

他的小说展示的正是这些想法（科技）发生之后所带来的变化。这变化往往并不会危及人类存亡，引发世界大战，却可能会改变人的情感、思维、记忆的状态。

而这一切并不仅仅是脑洞。它们关乎人最本质的一些命题，比如自由意志，比如爱。

二

特德·姜写得很慢。所以，如果你想读完他的所有作品，只需要读完《你一生的故事》和《呼吸》就可以了。幸运的是，这两本书都出了中文版。

《你一生的故事》与外星人有关，不过这里并没有战争。这种被称为"七肢桶"的外星生物躯干呈桶状，七个肢体和七只眼睛均匀分布周身。他们的意识里不分前后左右，没有开始，也没有结束。或者说，一切从一开始就已经结束了。

人类的思维方式是线性的，热衷于因果链条，但"七肢桶"不同，他们可以直接看到"目的"。对于"七肢桶"来说，似乎没有什么自由意志，因为一切行为都已经预定。

在小说中，主人公的任务是和外星人沟通，学习他们的语言。后来，外星人走了。没人知道他们为什么来，也没人知道他们为什么走。但对主人公来说，有一些东西改变了，她习得了外星人的文字，也获得了外星人的思维方式。简而言之便是："一瞥之下，过去与未来轰轰然同时并至。"

于是，小说提出了一个问题：如果一开始就能看到结局，你还会做相同的选择吗？

在这篇小说里，主人公已经知道了丈夫未来会离开她，女儿会在一次登山过程中意外身亡，但她仍然拥抱了这样的人生。"从一开始我就知道结局，我选定了自己要走的路，也就是未来的必经之路。"

特德·姜似乎很有一点宿命论的味道，但是他不是消极的。即使一切是预定的，那也只有你去实践了，才真正算数。就算已经预知了终点，也要充分体验每一个瞬间。

《你一生的故事》借用外星人的到来，引用语言学的知识，讲了一个有关自由意志、人生与爱的故事。主题与此相似的，还有一篇《商人与炼金术士之门》。

在这篇小说里，特德·姜模仿了《一千零一夜》的讲述方式，小说由三个故事嵌套而成。

故事里，核心的科技是一扇可以穿越时空的门。显然，穿越时空早已经被写滥了，但这篇小说仍然会给人带来惊奇，因为特德·姜没有写一个穿越时间而改变了过去的故事，也没有写穿越了时间却什么都没有改变的悲剧，而是写了一个穿越时间，什么也没有改变，却并不让人感到悲伤的故事。

这一思想其实和《你一生的故事》一脉相承，即使什么都不能改变，该发生的还会发生，我们在此间完成了自己。这仍然是有价值、有意义的。

三

特德·姜的故事总是会给人带来惊异感。这种惊异当然来源于各种不可思议的设定，但很容易被忽视的是他沉着的叙事节奏。

特德·姜的小说很像是一个个实验记录文本。每一天记录下观测的数据，一点一点地推进，最后得出实验结果。只不过，这里不是真实的科学实验，而是思想实验。

《巴比伦塔》是特德·姜发表的第一篇小说。它几乎不像个科幻小说。

故事发生在古巴比伦，人们经过两个世纪的努力，建起了一座通天塔。如果你要从塔底走到塔顶，需花费一个半月的时间。如果你还驮负重物，则需要走四个月。

希拉鲁姆是小说的主角，他是一个矿工，目前塔已经修到天顶，他和他的团队受命上塔，凿开天顶，去看看上面是不是天堂。就像我刚才说的，在这篇小说里，有一个巨大的惊异在结尾等着我们，但正是前面扎实的叙事，让一切变得可信，造成了最后惊异的效果。

在小说里，特德·姜细致描绘了希拉鲁姆一行人登塔的过程，一天、两天、一个月，他们眼前的景象一点点在变化，他们会遇到一辈子都生活在塔中的人，会发现白昼的天光变成从下向上照耀，最终，他们会发现天的顶端就像一片白茫茫的大平原。

在这篇小说里，如果没有一点点的登顶过程，就不会有最后希拉鲁姆发现突破天顶景象的震惊。甚至，你可以感觉到，描写登塔的过程，本身就是作者的乐趣。事实上，在很多篇小说里，特德·姜都像做实验一样，通过时间刻度，来观察情境中发生的变化。

在《领悟》中，人们发明了一种了不得的药剂，主人公服用了它，一点点感受到自己的智商、身体素质都在发生巨大的提升——他正在成为超人。有意思的是，小说写的不是一个超人要去拯救世界，而是一个人成为超人的过程：他的记忆力发生的变化，他对身体的控制力的变化……这些逐步变化的过程，本身就是小说的乐趣。

在《软件体的生命周期》中，作者更是不厌其烦地用了许多"一年后"这样的词作为章节的开头。这是一篇关于人造数码体产生思想，以及人与人造物的情感的故事。这个故事的时间跨度非常之长。作者需要这么多的"观测时间"，来更丰富细致地描述数码体产生思想的变化。

而对这一变化的描述，本身就是小说的目的。

就像特德·姜在一次采访中所说：

我认为科幻本质上是一种后工业革命时代的叙事。一些文学评论家总结说，那些传统的善恶之争的故事总是遵循这样的模式：世界很美好，邪恶入侵，英雄们奋战，最终击败邪恶，于是世界又重新变得美好了。如那些评论家所说，本质上这是一种保守的叙事，因为它总是倾向于让世界维持现状。这也是犯罪小说的常见模式——秩序首先被破坏，但最终恢复。

科幻小说提供了一种完全不同的叙事：一开始是我们熟知的世界，接着新发明或者新技术带来了变化和混乱。在故事结尾，世界被永久地改变了，永远不会回到本来的样子。因此，这种故事模式是积极的，它暗含的信息并不是我们应该维持现状，而是改变不可避免。新发明或者新技术的影响——不管是好的还是坏的——都不可避免，我们必须去面对。

特德·姜的小说，在人物塑造上几乎没有任何努力，读他的小说，你可能不会记得任何人物。但他无与伦比的想象力和精致的控制力，都让人兴奋并折服。他给读者带来的快感不是情感共鸣，或者情节驱动所造成的兴奋，而是一种思辨的快乐。他总是描绘变化，引导读者去面对不同的意见和声音。等到小说结束，你的脑子里还会留下嗡嗡的回声。而对于这些声音，你必须回应。

（原载《读书的人》，浙江文艺出版社，2024年8月版）

魏小河，被称为"最懂年轻人的书评人"，著有《不止读书》《冒犯经典》《独立日：用一间书房抵抗全世界》等。

一千个哈姆雷特和一千个维吉尔

◎ 高峰枫

"一千个读者眼中有一千个哈姆雷特。"这是坊间流传很广的一句话,属于不知不觉就学会重复,却又不知从何处学得的那类"无主"格言。这句话既然提到哈姆雷特,就有可能来自英文世界。但将此句倒译成英文,掷入国际搜索引擎,却发现很多网站将其判为"一句著名的亚洲谚语",甚至会直接定性为"一句中文格言"。鉴于中文网络上密布带着洋味儿的假名言、伪警句("柏拉图说:不要暧昧,我必生死相依"),所以有学者认为"一千个哈姆雷特"是国人炮制出的"山寨版英谚"。

在2022年出版的《名言侦探》一书中,作者杨健先生对这句流行语的来源做了一番追踪,并检出了一条重要线索。1957年8月出版的《哲学研究》第4期,刊登了朱光潜(1897—1986)的名作《论美是客观与主观的统一》。这是朱光潜对此前若干位学者对他有组织的学术围攻做出的回应。该文第三部分题为《我现在美学观点的说明》,谈到美有没有客观标准、审美差异性等问题。朱光潜提到,审美趣味的差异受到不同生活方式、文化传统、民族和阶级以及文化修养等多方面的影响。在此之后,便说:

> 就是同一时代,同一民族,并且同一阶级的人们对于同一文

艺作品的看法也不可能完全一致。"有一千个读者，就有一千个哈孟列德"，这句话不是没有事实根据的。不但如此，就是同一个人对于同一文艺作品在不同的时候所体会到的广度和深度也不能完全一致，如果这个人在学问和思想上是在发展的话。这就是文艺趣味上的差异性。（《哲学研究》1957年第4期第31页）

这篇论文在1957年初次发表时，朱光潜写的人名是"哈孟列德"，这是他长期习惯使用的译名。在《给青年的十二封信》（1929年第一版）等书中，他就用"莎士比亚的哈孟列德"这个说法，并注出英文（Hamlet）。《论美是客观和主观的统一》这篇论文很快被收入一些论文集，比如朱光潜自己选编的《美学批判论文集》（作家出版社，1958）、由《文艺报》编辑部编辑的《美学问题讨论集（第三集）》（1959），都保持了"哈孟列德"这个译名。朱光潜的著作在改革开放之后重新印行，新版往往将"哈孟列德"直接改成"哈姆雷特"。安徽教育出版社的《朱光潜全集》第五卷中，编者就将这篇论文中的"一千个哈孟列德"径改为"一千个哈姆雷特"。这样的改动，方便了译名的统一，但也模糊了这句格言最初问世时的本来面貌。

在朱光潜1957年的论文中，最先出现了"有一千个读者，就有一千个哈姆雷特"的说法，证明这句话必定创作于互联网诞生之前。朱光潜在老一代学者中，尤精于西方文学、文艺学和美学，他的引用方式已显示这是一句固定的成语，并非我们想象的乃是民间智慧的结晶。杨健先生在《名言侦探》一书中继续追索，认为朱光潜引文的来源可能是苏联文艺批评家别林斯基（第

151—153页)。但杨健先生引用的别林斯基的具体文句,意思虽相似,但具体表述中完全看不到"一千个哈姆雷特"等关键的语言要素。所以,朱光潜所依据的,必有其他来源。

我在西方文献中能检索到、与这句中式格言意思最接近,而且作者身份确定无疑的英文语句,出自美国哲学家爱默生(Ralph Waldo Emerson,1803—1882)。在他1841年出版的《随笔第一集》(*Essays: First Series*)中,有一文题为《精神法则》("Spiritual Laws"),谈到阅读和解释,有如下几句:

我们能看到或获得的,难道不就是我们自己吗?你已观察到技艺高超的读者阅读维吉尔。好,那位作者对一千个人来说就是一千本书(Well, that author is a thousand books to a thousand persons)。双手拿着书,竭尽全力去读;我发现的东西,你不会发现。

爱默生这里提到,维吉尔对一千个人来说就是一千本书。如果我对这句话稍作格言化处理,就会变成"一千个人眼中有一千个维吉尔"。"一千个读者眼中有一千个哈姆雷特"这句中式格言,极有可能是朱光潜依照爱默生这一句而制作,因为两句话的主要思想、基本句式和语言细节(两次重复数字"一千")都完全对应。

朱光潜与爱默生有何关联?王蔚女士熟谙朱光潜著作,她告诉我朱光潜刚好在1957年也翻译了爱默生《论艺术》一文,刊登在《译文》1957年2月号。爱默生在《论艺术》中表达了一个观

147

点，对于当时正被围攻的朱光潜来说，不啻一个强有力的援助。爱默生说，我们必须自身携带美，否则就不能在世界里找到美。朱光潜在译文后面，撰写了约1500字的"译后记"，特地引用了这个观点，认为爱默生"肯定了美是主观与客观的统一，对于美仅在心的主观唯心论和美仅在物的机械唯物论，都是很有力的纠正"（《朱光潜全集》第20卷，安徽教育出版社，1992年，第112页）。爱默生的观点与朱光潜同年出版的《论美是客观与主观的统一》的核心意思完全一致，也许朱光潜翻译这篇文章的原因正在此。巧合的是，这篇《论艺术》与《精神法则》都收在爱默生《随笔第一集》中。《论艺术》的译文与朱光潜美学论战的回应文章（也就是"一千个读者眼中有一千个哈姆雷特"这句的诞生地）都是1957年发表，都围绕艺术和美学的话题，而且都与爱默生有关。有理由相信朱光潜在1956或1957年集中阅读（或重读）了爱默生这本书。

爱默生在《随笔第一集》中多次拿哈姆雷特举例，而且经常用到"一千"的说法。简单检索一下，单单《精神法则》一篇，除了上面引用的"一千个人""一千本书"之外，还有三处分别提到"一千件其他东西""一千个人"和"在一千个地方"。爱默生的名文《依自不依他》（"Self-Reliance"）也收录在这本书中，文中同样三次出现"一千"这个词。朱光潜在1957年读这本文集时，密集遭遇"一千个"的表述，想必会给他留下深刻印象。

至此，"一千个读者眼中有一千个哈姆雷特"这桩案子也许可以告破了。大致推理过程如下。1957年2月，朱光潜翻译的爱默生《论艺术》一文刊登。在翻译过程中，他也同时在撰写《论美是客观与主观的统一》这篇论文。朱光潜可能顺便阅读了，或重读了爱默生此集中的其他文章。在读到《精神法则》时，爱默生谈到维吉尔对一千个读者就意味着一千本书，这句话表明不同读者对同一著作会有截然不同的反应，可能给朱光潜留下了深刻印象。在同时期撰写的美学文章中，当开始讨论审美差异问题时，朱光潜不觉想到刚刚读过的爱默生的表述。或许因为记忆偏差，或许因为维吉尔不及莎士比亚那样家喻户晓，所以朱光潜用他更熟悉的莎剧《哈孟列德》替代了维吉尔。因为原句出自爱默生，所以朱光潜使用了引号，表示此句自有出处。从此，中文世界里就诞生了这句名言。

1980年代之后，朱光潜的著作出了新版。当时的编辑对原文的旧译名进行了不甚专业的更新，于是"一千个哈孟列德"就变成更加醒目的"一千个哈姆雷特"。之后，这句由美学大家误译的名言，开始风靡简体中文世界。王蔚提出，1981年出版的《艺术概论》一书引用了此句。因此书是当时的高校教材，读者众多，可能是这句名言广为传播的重要节点。此外，高尔泰在1982年出版的《论美》一书中也引用了这句话。这两本书或能代表文艺学和美学界开始传播这句名言的重要窗口。以上就是目前我能推导出的从"一千个维吉尔"，到"一千个哈孟列德"，最终变成"一千个哈姆雷特"的大致过程。

朱光潜在1957年以误译的方式发明了这句格言，本意是要强调不同人在审美趣味方面的显著差异，也就是下面这句西谚所说的意思：个人的品位和偏好实在不必争论（De gustibus non est disputandum）。但在当下的中文世界中，这句格言的引用已泛滥成灾，并且溢出了朱光潜所论的美学范围，扩张到了更广阔的文本解读和文学批评领域。我发现，最爱不假思索地念诵"一千个读者眼中有一千个哈姆雷特"的人，大概率是抛售那些荒唐、任意、不靠谱解读的读者。这句话已变成不负责任的读者和拙劣的批评家为自己开脱的借口，已变成理屈词穷的信号。对"一千个哈姆雷特"的滥用，实际上是宣称一切解读都没有差别，一切解读都天然正当。此亦一是非，彼亦一是非，我的解读再离谱，你也没有权利来评判我，而你的解读再合理，我也有权利去唾弃你。最后，这一千个哈姆雷特势必会导致一种解读的虚假民主，一种有悖常理、病态的平等主义。这绝对是朱光潜先生当年未曾预料的景象。

（王蔚女士提供了有关朱光潜著作的多种资料，谨致谢忱。）

（原载《南方周末》2024年5月8日）

高峰枫，北京大学英语系教授，著有《古典的回声》《古典的回声（二集）》《维吉尔史诗中的历史与政治》等。

一个年轻艺术家的学习时代

◎ 张新颖

一

一九九三年,"罗丹艺术大展"先后在北京、上海举办,接连几个月,展览场地里外,人潮涌动。当年的参观者,如今回想起来,或许不仅能浮现出彼时盛况,也还会依稀忆起不平静的心绪吧?不过,有谁还记得这样一个细节吗:入口处检票的地方,出售一本书,开本不大,页码不多,书名叫《关于罗丹——日记择抄》,生活·读书·新知三联书店出版,定价九块八。出版社印行这本书,和这次大展有什么关系?当时和现在,我都不甚清楚;实际情况是,这本书被不少人当成了罗丹艺术的地图、说明书、导读。这也真值得庆幸,有这么好的导引。

这本书最早是雄狮美术出版社(台湾)一九八三年出版的,大陆在三联之后又出过几个版本,我常常翻阅的是文汇出版社一九九九年《熊秉明文集》里的本子。文集共四卷,《关于罗丹》是第一卷,其他三卷是《展览会的观念》《书法与中国文化》《诗与诗论》。

再读《关于罗丹》,看的就不是罗丹如何,而是看这个看罗丹的人，一个年轻的艺术学徒，他的精神世界。

熊秉明（一九二二至二〇〇二）是数学家熊庆来（一八九三至一九六九）的儿子。熊庆来，现代中国第一代科学家，留学法国八年后，一九二一年回国，南京东南大学创办算学系，他是教授和系主任。一九二六年清华改办大学，创设大算学系，他被聘为教授兼系主任，举家迁往北京。据说全国第一次数学名词审查会，大概是一九二三年，讨论"函数""积分"等基本译名，是在杭州西湖雇的一条船上进行的——那一代的中国数学家，那些拓荒者，西湖一条小船就可以载得起。

熊秉明出生在南京，到清华园时差不多是上学的年龄。将近二十年前我读浦江清的《清华园日记》，曾摘录下一九二九年二月二十一日说及熊秉明的一条："熊之二公子秉明，自南方来，携来其本乡拓本数十分赠戚友。熊公子方七岁，而言语活泼，且能作铅笔画，聪慧非常。"［《清华园日记　西行日记》（增补本），生活·读书·新知三联书店，一九九九年，三十四至三十五页］"本乡"，云南；熊秉明父亲的出生地，是云南弥勒县息宰村，一个有甘蔗田和玉米田的偏远地方。九岁到十一岁期间，熊秉明随父亲在法国生活，父亲写博士论文，他到学校念书。一九三七年，熊庆来为服务桑梓，出任云南大学校长，全家又迁往昆明。一九四四年，熊秉明毕业于西南联大哲学系。

一九四七年，熊秉明考取公费留法，在巴黎大学读了一年哲学，之后转习雕刻。《关于罗丹》是从一九四七年到一九五一年的日记中抄出的与学习雕刻有关的部分，作者打算做这个择抄时曾想："至少这是一个中国艺术学生四十年代、五十年代在欧洲学习经过的记录，关心这时代海外中国知识分子精神面貌的人总会发生兴趣的。"最后誊清时，"觉得似乎在试写自传的一章"（《关于罗丹》"前言"，三页。本文所引熊秉明的文章片段，除特别注明外，皆据此书）。

二

一九四七年十一月二十八日，因为借给费小姐的书被弄丢了，回忆起这本书——里尔克的《罗丹》——曾经陪伴的岁月，那是在中国，在抗战的军中：

一九四三年被征调做翻译官，一直在滇南边境上。军中生活相当枯索，周遭只见丛山峡谷，掩覆着密密厚厚的原始森林，觉得离文化遥远极了。有一天丕焯从昆明给我寄来了这本小书：梁宗岱译的里尔克的《罗丹》。那兴奋喜悦真是难以形容。大学二年级的时候曾读到里尔克的《给一个青年诗人的信》，冯至译，受到很大的启发，好像忽然睁开了新的眼睛来看世界。这回见到里尔克的名字，又见到罗丹的名字，还没有翻开，便已经十分激动了，像触了电似的。书很小很薄，纸是当年物资缺乏下所用的一种粗糙而发黄的土纸，印刷很差，字迹模糊不清，有时简直得猜着读，但是文字与内容使人猛然记起还有一个精神世界的存在，还有一个可以期待、可以向往的天地的存在。这之后，辗转调动于军部、师部、团部工作的时候，一直珍藏在箱箧里，近乎一个护符，好像有了它在，我的生命也就有了安全。

我现在能够徘徊在罗丹的雕像之间了，但是那一本讲述罗丹作品的印得寒伧可怜的小书——白天操练战术，演习震耳的迫击炮，晚上在昏暗的颤抖着的蜡烛光下读的小书——竟不能忘怀。（八页）

熊秉明揣摩罗丹作品，从中不断获得提示，这提示不仅是雕刻上的，也是生活上的，时间久了，"他的作品混入我思想感情的曲折发展"（前言，三页），再要分离出来就不容易了。但在他的学习时代，我们还是可以看到清晰的痕迹，看到那是些什么样的"提示"，"混入"了个人的生命和艺术中。

一九四八年八月五日，他记下了这样一个问题："这是很奇怪的：罗丹在雕刻发展史上起了革新的作用，为现代雕刻开辟了道路，但是他的风格却是很古典的，和他同时代的绘画比起来，便显得古老。这是为什么呢？"譬如与罗丹同时代的莫内、塞尚，都很"现代"。"罗丹曾和莫内联合举行过展览，我想是不甚调和的。"熊秉明探究罗丹雕刻显得古典的原因，谈到其中重要的一点："他追求表现人生，而多传统沉郁的意境。里尔克说'这是一个老人'（《罗丹》）。当然在里尔克看到罗丹的时候，罗丹的确已经是个老人，但这句话不只是这意思。罗丹在年轻的时候，制作《青铜时代》《影》《行走的人》的时候，他已经聚集了欧洲多少世纪的思想、情感、梦幻，他的灵魂已经有了重负，他似乎有了菲底亚斯、米开朗基罗、但丁、林布兰的年龄的总和，已经是个'老人'了。"紧接着，他又写了一句：

现代风的雕刻家似乎要把这些都忘掉。（四十九页）

岂止是现代风的雕刻家，现代艺术的哪个门类，不都曾出现过要把过去都忘掉的潮流？文学创作上，也是如此。谁要做一个"老人"？谁不想做一个"原创"的"新人"？

然而，正是罗丹这样的聚集了他之前多少年代的思想、情感、梦幻的"老人"，才使得雕刻的传统另创新境，启示将来："他把雕刻揉成诗，为未来的雕刻家预备了自由表现的三维语言；他把《行走的人》省略了头，削减了双臂，这是后起的现代艺术家大胆扭曲人体，重塑人体，以及放弃人体的第一步。"（后记，一七六页）

《行走的人》给熊秉明的震撼是持久的，"残破的躯体，然而每一局部都是壮实的、金属性的，肌肉在拉紧、鼓张，绝无屈服与妥协"。这个作品以其悲壮和浩瀚，可以看作是贝多芬《第五交响曲》的雕像，熊秉明甚至想到"天行健"（一九五一年二月十日日记，一五三页）。

罗丹的人体雕刻，还有《夏娃》，是熊秉明到美术馆常常看的，给他的震动也很大。一九四九年一月二十一日日记，从朱自清的散文《女人》说起，谈到中国人的女人观念。朱自清文章赞美"处女"是"自然手里创造的艺术"，而"少妇，中年妇人，那些老太太们，为她们的年岁所侵蚀，已上了凋零与枯竭的路途"。熊秉明认为，这种把"女人"的定义和"青春""鲜美"的观念混淆起来的中国人的意识，在传统仕女画里表现得很充分。"工笔美人都一个类型，一个年纪。朱自清所说的'自然手里的艺术品'

的'处女',林妹妹型的,姣好的蛋儿脸,脸上绝无一丝生活的纹路。这样的花容当然不可能连接着实实在在的身躯。"中国仕女画里的人物,只有衣服,衣服下面没有人体。"有这样的一种'无体'的女人观,如何欣赏西方裸体呢?"

《夏娃》则大大不同,"罗丹的《夏娃》,不但不是处女,而且不是少妇,身体不再丰圆,肌肉组织开始松弛,皮层组织开始老化,脂肪开始沉积,然而生命的倔强斗争展开悲壮的场面。在人的肉体上,看见明丽灿烂,看见广阔无穷,也看见苦涩惨淡,苍茫沉郁,看见生,也看见死,读出肉体的历史与神话,照见生命的底蕴和意义"(七十二页)。

在此之前,一九四八年十二月十七日的日记里,熊秉明写道:"为什么爱一个多苦难近于厚实憨肥的躯体呢?罗丹的夏娃绝不优美,有的人看来,或者已经老丑,背部大块的肌肉蜿蜒如蟒蛇,如老树根,我爱她的成熟,像爱一个母亲,更像爱一个有孕的妻子:多丰满厚实的母体,我愿在这个世间和她一同生活并且受苦。"(六十九页)

三

艺术上的感悟,不只是来自于艺术作品,更需要切身的生命经验的启迪,哪怕只是对于人体的认识。一九四九年十月十九日日记显然隐含着重要的个人经验。"拿出抽屉里的一叠明信片,忽然眼光落在罗丹的一幅《爱神和赛姬》上。那是一对卧着的赤裸男女拥抱的组像。我骤然像触了电似的懂得罗丹在这里所要表现的了。罗丹塑造过许多这样一对一对男体和女体相纠缠的小像,我以前竟然简直没有看见他们,看到时也完全漠然,全不懂得他们的意义。现在才发现这是人的肉体相吸引,相接触,相需要,相祈慕,相占有的种种相。他们在拥抱与媾和中灼烧、振荡、酣醉、绾纽成多样诡奇的难解的结。我怎么一直盲了眼睛看不见呢?"

若不是她,我不知道什么时候才会发现罗丹的这些组像?

这些组像好像给我和她的相遇以意义,以生命的滋味,以美的形式。……我同时也惊异地发现自己的躯体的存在,自己的广阔和沉重。

我惊骇地想:赞美裸体,能不同时赞美肉体的最基本诱惑吗?我同时也惊骇地想:没有这样的对于肉体的神秘经验,也能做雕塑吗?

在《爱神和赛姬》画片的背面写了一行字,"你所使我发现的宇宙",寄出去。(九十一页)

这种肉体经验所带来的"惊异""惊骇"的"骤然"的"发现",让人想起比熊秉明早几年从西南联大毕业的穆旦在一九四七年所写的《发现》:

在你走过和我们相爱以前,
我不过是水,和水一样无形的沙粒,
你拥抱我才突然凝结成肉体:

流着春天的浆液或擦过冬天的冰霜,
这新奇而紧密的时间和空间;

同一时期,穆旦又写《我歌颂肉体》,说的是:

我歌颂肉体:因为它是岩石
在我们的不肯定中肯定的岛屿。

而对于一个学习雕刻的青年艺术家来说,人体更直接就是艺术的形式。

邓肯在自传里写过和罗丹的相遇:她给他解释她对新舞蹈的理论,可是很快就察觉他并不在听,而是出神地注视着她,进而上前捏她的身体。"这时我的愿望就是把我的整个存在都交给他,如果不是荒谬的教育使我退后,披起衣裳,让他吃惊,我一定会带着欢喜真的做了。怎样的可惜啊!多少次我后悔这幼稚的无知使我失去一个机会把我的童贞献给潘神的化身——有力的罗丹!艺术和生命必定会因而丰富。"熊秉明在一九四九年十月二十四日的日记里抄了这段话,并且设想:如果蔡元培读到这一段,必定大惊失色。"蔡元培所说的'净化'是有的,但'净化'之后,生命并不变成无生命,情欲并不化为无欲。朱光潜曾谈'距离','距离'也是有的,但现实生活与艺术并非两相隔绝,全不相干。"(九十六页)

四

新中国成立前后，海外的年轻知识分子，面临着一个重大的选择。一九四九年十月三日，熊秉明到里昂车站送行，"寿观、道乾、文清三人启程同路东返""带着奉献的心，热烈的大希望""我呢，目前最重要的是自己的充实，我的心情应当静下来。过几天就要开始下学年的工作，还想到纪蒙那里再做一段时期。"（八十九页）

实际上却是心情很难静下来。一九五〇年二月二十六日日记："昨晚在大学城和冠中、熙民谈了一整夜。谈艺术创作和回国的问题，这无疑是我们目前最紧要的问题了。""当然我们也谈到离开本土能不能创作的问题。"

他们比我的归心切，我很懂得他们，何况他们都有了家室。我自己也感到学习该告一段落了。从纪蒙那里可学到的，我想已经得到，在穰尼俄那里本没有什么可学。查德金和我很远，摩尔也很远，甚至罗丹，在我也非里尔克所说的"是一切"……我将走自己的路去。我想起昆明凤翥街茶店里的马锅头的紫铜色面孔来；我想起母亲的面孔；那土地上各种各样的面孔，……那是属于我的造型世界的。我将带着怎样的恐惧和欢喜去面临他们！

分手的时候，已经早上七点钟。天仍昏暗，但已经有浅蓝的微光渗透在飞着雪霰的空际。地上坚硬的残雪吱吱地响。风很冷，很不友善地窜进雨衣里。在街上跑步，增加体温，乘地道车回来，

一进屋子便拉上窗帘,倒头睡去。精神倦极,醒时已正午。(一三二至一三三页)

回去的和留下的,各有自己的道路和命运,不过这要等到很多年之后才看得清楚。

刘文清,初到巴黎时,以为画苹果、画山、画土庙、画自己的妻子便能满足自己,也满足别人,因而艺术创作是幸福的;"文革"期间受到冲击,精神失常,自说画家浪费纸张有罪,每天到街上捡马粪预备造纸,屋子的一角堆满用大衣口袋装回来的原料,屋里的气味和马厩一样。"一九七九年我在昆明看到他,精神大致复原,他还清楚记得当时的情形,说是曾经买了若干造纸的书籍,认真地读过。"(二十六页)

王道乾,喜欢蓝波,写现代诗,与熊秉明同船到法国;时代转折之际他自己也跟着发生了一个大转折,与朋友激烈地论辩,"生活根本不需要艺术""我希望我做一个查票员甚于希望做一个'我'""我宣布:我之舍弃艺术完全是我成功的表示"。他是带着这样坚决地要从诗人气质中蜕化出来的思想回国的。一九八五年,熊秉明到上海,两个彼时的年轻朋友隔绝多年之后相见:"我很记得在一间客厅里等他时的迫切心情。然而我们一见面,似乎一切都敷上一层霜。他的面孔上浮起吃力的笑,仍是那一种吃力而并不爽朗的笑,但是终究有了不同。过去的笑是从心灵深处绽现的,遥远而神秘。而那一天我看见的笑疲倦而冷淡。我们就以这冷漠的基调出发说了些无关紧要的客套话,自己也感到别扭。第二天我离开上海,我想我们成为陌生人了。"一九九三年,王道乾去世，熊秉明从王道乾爱人寄来的几篇纪念文字中，发现了冲破"陌生人"感受的信息：晚年王道乾翻译蓝波《地狱一季》，重拾几十年前的旧梦。"道乾又回到蓝波，我怎能不激动？道乾又寻回他曾坚决要抹杀而遗弃的自我！我怎能不俯仰叹息？我好像又看见他青年时代的神态、目光、声调。虽然是译别人的作品，却渗进自己心灵的声音。《地狱一季》！我分明看见诗人的灵魂在灰烬中又跳起天鹅最后的舞。"（《我所认识的王道乾》，《诗与诗论》，一六七至一七〇页）

回到当年熊秉明留下来的选择。留下来之后，艺术道路怎么走，又是重要的问题。此时的熊秉明越来越清晰地意识到了那"属于我的造型世界"，这不仅仅是艺术的选择，还是文化的选择，精神的选择，根本上，这是血液的选择。当这样的意识逐渐明确起来的时候，学徒的时代就将结束了。

这本以罗丹艺术为中心的日记，快到结尾的时候，有一处大篇幅地谈论梁代墓兽，看起来有些突兀，其实却是精神和艺术的探求已经走到了这个地方，理所必然。

一九五一年三月十六日，"和贝去周麟家，看到瑞典中国美术史家Siren的《中国雕刻史》，书中的汉代石兽和梁代石狮给我以极大的震动和启发"。沉重庞然的梁代石狮，张开大口向天。"这里储蓄着元气淋漓的生命力，同时又凝聚一个对存在疑惑不安的发问。那时代的宇宙观、恐惧、信仰、怅惘……都从这张大的口中吐出。生存的基本的呼喊，无边的无穷极的呼唤！"一千五百年之后，这狮吼还使我们欢喜、凄怆、憔悴、战栗。"在中国雕刻史上，这'天问'式的狂歌实在是奇异的一帜。这里不温柔敦厚，不虚寂淡泊，没有低眉的大慈大悲，也没有恐吓信男善女的怒目，这透彻的叫喊是一种抗议，顽强而不安，健康而悲切，是原始的哲学与神话。"

我想到罗丹的《浪子》，那一个跪着，直举双臂，仰天求祈的年轻的细瘦的男躯，那也是"天问"式的呼诉。但无疑，我更倾心于南朝陵墓的守护者，也许我属于那一片土地，从那一片土地涌现出来的呼唤的巨影更令我感到惊心动魄。

熊秉明回忆起一九四七年出国之前，在南京和父亲去看夭折的弟弟的坟墓，经过战乱流离，沧桑隔世之感尤为强烈。一片荒野穷村，满目凄凉。村旁立着一个类似于梁代石狮的巨大的石兽。"在怅惘戚恻的情绪中，这无声的长啸就仿佛在我自己的喉管里、血液里、心房里、肺腑丹田里。我是这石狮子，凝固而化石在苍茫的天地之间。这长啸是一个问题，这问题没有答案。"

这天晚上，熊秉明给朋友写信，其中说："你说艺术上的国际主义，我不完全否认。诚然，在埃及希腊雕刻之前，在罗丹、布尔代勒之前，我们不能不感动，但是见了汉代的石牛石马、北魏的佛、南朝的墓狮，我觉得灵魂受到另一种激荡，我的根究竟还在中国，那是我的故乡。"（一五九至一六一页）

五

二〇〇二年，熊秉明因脑溢血去世。文汇出版社二〇〇五年印行《对人性和智慧的怀念——纪念熊秉明先生》，我在上海，可是并不知道有这么一册纪念集；直到二〇一二年，熊夫人陆丙安托人从巴黎带了一本给我，也许是因为里面收了一篇我谈熊秉明"小诗"的短文。

纪念集篇首是熊秉明的《自己的话》，作于一九九九年，应该是为"远行与回归"巡回展而写，这个包括雕刻、绘画、书法的艺术展，先后在北京、上海、昆明、台北、高雄展出。《自己的话》简约回顾生命历程，于关键处有切要的阐明。

他说当年改学雕刻，一个原因，是和七八个同学去访问巴黎美术学院的纪蒙（Gimond），看到他收藏的各种石雕头像，猛然感受到棒喝的震撼。回过头来读《关于罗丹》中一九四八年一月三十一日记叙此次访问的情形，更能体会在这种关节口上的感受与重大决定之间的关联，他当时写道："在一个真的艺术家的面前，非艺术家多少显得单薄、飘忽、胆小而幼稚……"（十六页）

他说他必须在老同学顾寿观到巴黎之前做好决定，因为知道，好友到后讨论此事，一定会有彻夜达旦的辩论，而难有结果。这一点，似乎无关紧要，其实正显示性格和认识。后来，他们之间为是否回国辩论，果然没有结果，各走自己选的路。《自己的话》顺带提了这么一笔，没有多做说明，但显然他在做决定的时候，有意避开"语言的纠纷"。这里不妨稍微说开一点，"语言的纠纷"是借用维特根斯坦的说法，在后来写的一篇纪念父亲的文章中，他强调了一种浑噩的、基本的、难于命名的生命力量，对于这种力量来说，诸如理性与信仰的冲突，传统与革命的对立，中西文化的矛盾，玄学与反玄学的论战，都是"语言的纠纷""生命的真

实在这一切之上，或者之下，平实而诚笃，刚健而从容，谦逊而磅礴地进行。"（《忆父亲》，《诗与诗论》，一二八页）

他进入纪蒙教室，之后又进入纪念碑雕塑室。当他感到自己在一个死胡同里找不到出路，苦闷得想要呐喊的时候，做了一只铁焊的《嚎叫的狼》，他开始成为焊铁雕刻家。当时出现了一代焊铁雕刻家，从材料上来讲，战后铜价昂贵，而废铁便宜易得；隐性的原因或许在于："我们是从战争中活过来的年轻雕刻家，所以对于焊火和废铁有一种特殊感情。"这种特殊的感受性作用于艺术形式，"从石膏人像转为铁片焊接结构在我的创作历程上是一重要的转变"（《对人性和智慧的怀念》，二页）。

他逐渐觉察不适于做一个职业艺术家，于是到大学教中文，而且一教三十年，他没有料到职业把他诱引到文字的领域，试验用简单的初级汉语写成《教中文》诗集，用丰富而明晰的语言写复杂的现代诗论，写《看蒙娜丽莎看》这样的文章。

他开了一门书法课，多年后撰写别具建树性的《中国书法理论体系》，吴冠中说此著作该得诺贝尔奖；他的博士论文，以《张旭与狂草》为题；他讲书法和中国文化，大胆地断言"书法是中国文化核心的核心"；退休前后几年，竟然不辞烦劳到北京办了三次老年书法班，他试图让更多人明白，老年的写字乃是一种哲学的实践，在生命的最后阶段，应该从容、自在、平静地写自己可以认同的字，在书写中得到人书吻合的喜悦，亲切地感到创造与存在的微妙一致，"人书俱老"也包含着"生生之机"。

他的工作不专一，雕刻、画画、写字、写文章、教书；他的心思游移在观念和造型之间，哲学与艺术之间。

《自己的话》最后两段：

我好像在做一个试验。我是一粒中国文化的种子，落在西方的土地上，生了根、冒了芽，但是我不知道会开出什么样的花，红的、紫的、灰的？结出什么样的果，甜的、酸的、涩得像生柿子的？我完全不能预料。这是一个把自己的生命做试验品的试验。……我无骄傲，也不自卑，试验的结果就是这个样子。

用生命做试验品的试验有成功与失败吗？近代爱尔兰作家贝克特（Beckett）说："成功，对我毫无兴趣；我有兴趣的，是失败。"这句话反映出一些现代艺术家的创作心理，但我不喜欢说得那么极端。我更愿引庄子的说："是非之彰也，道之所以亏也。道之所以亏，爱之所以成。果有成与亏乎哉？果且无成与亏乎哉？"生命的意义还在失败与成功之外。（《对人性和智慧的怀念》，六页）

（原载《诗的消息，诗人的故事》，上海文艺出版社，2024年9月版）

张新颖，复旦大学中文系教授，著有《读书这么好的事》《不任性的灵魂》《沈从文的前半生》等。

尘世之爱不能永存

◎ 苗　炜

这篇前言，我想说三个意思，但我不知道该怎么起承转合，索性硬生生地分成三段吧。

想象一下，一八九九年二月三日，这一天是农历的腊月二十三，小年夜，北京城里应该有了过年的气氛，或许有零星的爆竹声响起。在西城的小羊圈胡同，也就是现在的新街口南大街小杨家胡同，有一位四十一岁的产妇生下了她的第八个孩子，取名庆春。这一家是旗人，汉姓是舒，舒庆春就是老舍的本名。六十多年过去。一九六六年八月二十四日，北京新街口豁口西北边的太平湖公园，现在的北京地铁太平湖车辆段，当时是有两片水面的小公园，老舍走到这里，在水边一直坐到入夜。第二天早上，晨练的市民发现水面上漂浮着一具尸体。这就是老舍的结局。

从一八九九年二月三日傍晚出生，到一九六六年八月二十四日夜辞世，老舍活了六十七岁。出生的地点和死亡的地点，相距只有几里地，出租车起步价之内就能到。这两个地方都在北京的西北角。扩大一点儿范围，从阜成门到西四，到西安门大街，到景山、鼓楼、德胜门、西直门，再回到阜成门，这就是北京老城的西北部分，老舍作品中的北京地名大多集中在这片区域。这片区域也正是清末正红旗和镶黄旗的驻地，老舍的爸爸就是正红旗下的一个士兵。

再想象一下，一八九九年四月二十三日，黎明时分的圣彼得堡。涅瓦河上的冰开始破裂，春天来了，但这个早上的气温还是在零度以下。沿涅瓦河向南，经过枢密院广场，能看到彼得大帝的铜像，再往前走就是大海街，大海街四十七号是两层楼，佛罗伦萨式的殿宇风格，二楼有一个房间亮着灯，这是个大户人家，姓纳博科夫，几代人都在朝中做官。在一八九九年四月二十三日，这家人的媳妇叶莲娜产下一名健康的婴儿，取名叫弗拉基米尔。

老舍和纳博科夫，这两人的生日差了几十天。这两人有什么关系吗？一点儿关系也没有。老舍出身贫寒，靠人接济才上了小学。纳博科夫生在富贵人家，家里的图书馆藏书上万册。老舍到二十岁当了小学教师，开始写作。纳博科夫一家遇到了十月革命，流亡海外，他去了德国，去了英国，后来去了美国。老舍也在英国待过一段时间，写了《二马》，后来回国，在大学教书，在青岛写出一本小说叫《骆驼祥子》。纳博科夫先写诗，后来写小说，他的作品只在俄罗斯流亡者中有点儿影响。不过他在五十六岁那年写出的《洛丽塔》大获成功。

这两个人的生活轨迹没有交集。这两个人只在我这个读者心中有交集。

我最早接触老舍的小说是听董行佶播讲的《骆驼祥子》，每天守在收音机前，听祥子丢了车，牵回了骆驼，祥子攒钱想买一辆自己的车。后来我在电视上看到了《龙须沟》，看到了《四世同堂》，在剧场里看到《茶馆》，看老舍写文章说，他闭上眼，北京的一切就能在他脑海中浮现，活生生的人就出现，就在他身边说话。老舍所构建的北京对我来说是一个诗性的世界。

有一年，我去瑞士蒙特勒，在皇宫酒店的顶层逗留了几个小时，纳博科夫最后十来年就生活在这个酒店里。从顶层望出去，能看见湖水和雪山。他在《说吧，记忆》中有这样一段话："每当我开始想起我对一个人的爱，我总是习惯性地立刻从我的爱——从我的心、一个人的温柔的核心——开始，到宇宙极其遥远的点之间画一根半径。我必须要让所有的空间和所有的时间都加入到我的感情中，加入到我的尘世之爱中，为的是减弱它的不能永存。"尘世之爱不能永存，所以要扩大自己的感受。这是纳博科夫的写作手法。

再重复一遍，这两个作家没什么关系。但如果我们把这个世界视为潜在的小说来观察，这两个出生日期只差两个月的作家，却像是一个故事中的两个角色：一个坚守在自己的语言中，用最常见的两三千个汉字写作，另一个掌握多种语言，是伟大的文体家；一个不自觉地要靠近权力，另一个相信文人最好处于流亡之中。他们的交会之处是在我这个读者心里，我生在北京，却对北京有一种古怪的乡愁。这乡愁有一点儿是老舍给的，也有一点儿来自纳博科夫，我们的爱总会延展出去，画一个很大很大的半径，激发出无限的情感与思绪。文学世界总有东西会漫出我们的现实存在。

以上是第一段。

这两三年，我总会看到一首布莱希特的诗，你可能也看到过——

这是人们会说起的一年,
这是人们说起就沉默的一年。
老人看着年轻人死去。
傻瓜看着聪明人死去。
大地不再生产,它吞噬。
天空不下雨,只下铁。

我在二〇二〇年看到有人读这首诗,我在二〇二一年看到有人读这首诗,我在二〇二二年看到有人读这首诗。后来我翻布莱希特的诗集《致后代》,看到他的另一首诗。

总之,他们愈是受苦,他们的受苦似乎就愈自然。谁会去阻止海里的鱼受潮湿?

而受苦人自己也用这种漠不关心对待他们自己,缺乏用善良对待他们自己。

多可怕,人类如此容易忍受现状,不仅忍受陌生人受苦,而且忍受他们自己受苦。

所有那些思考世风如此败坏的人都拒绝呼吁一群人同情另一群人。但是被压迫者对被压迫者的同情是不可或缺的。

那是世界唯一的希望。

这首诗太平实了,然而在某些特殊的时刻,却很有力量。

我还看到许多人感叹过去的美好时代的消逝,他们引述茨威格的《昨日的世界》,似乎我们曾经走在一条笔直的通向美好世界的道路上。说实话我对此并不确信,我们在大街上看不到马勒,也不像维也纳人那样喜欢歌剧,我倒是常常想起茨威格的另一本书《良知对抗暴力》,他在书中说——

不管我们如何称呼这样一种始终紧张对立的两极:称呼为宽容与不宽容,或者称呼为自由与管束,人性与狂热,个性与划一,良知与暴力——其实都无所谓。所有这些称呼无非是要表达一种最内心、最个性化的最后抉择:在每个人的心目中是人道宽厚更为重要呢还是政治性的事情更重要,是通情达理更为重要呢还是拘泥于刻板的条条框框更重要,是自己的人格更为重要呢还是趋炎附势更重要。

格雷厄姆·格林在他某一本小说的扉页上有一句题词,大意是说,人的心灵有些地方并不存在,痛苦进入这些地方,使之存在。我以前觉得,文学有一个作用是锻炼人们对痛苦的耐受力,现在也相信这一点。但现实中的痛苦还是更厉害。阿兰·德波顿有一句话说:"一切人生都是艰难的;而其中有些得以实现完美,是对痛苦的态度使然。每一次痛苦都是一个本能的信号,说明有些事不对头,而其孕育的结果是好是坏全赖承受者的智慧和力量。"这句话太像"人生鸡汤"了。

文辞有强烈的欺骗性,有时候我们需要一点儿鸡汤,是为了缓解痛苦。这两三年,我们感知到的痛苦比较多,我也不知道文学是否让我们对痛苦有了更强的耐受力。

以上是第二段。

二〇二〇年的春节，我写下《文学体验三十讲》的第一篇，是谈《纽约兄弟》的草稿，顺手贴出来，有一位读者留言说，她读完《纽约兄弟》之后正好去纽约，她去了中央公园，盯着西面那一排房子和树，用自己近视的右眼体会小说开头那种即将失明的感觉。看到这条留言，我很高兴。詹姆斯·伍德说，有些评论不是分析性的，而是一种充满激情的重新表述，评论家实际上期望的是"视野一致"，"努力让你如我一般看待文本"。我的这些稿子是"聊天"，但也期望某种程度上的"视野一致"。

我写《文学体验三十讲》，有一个副标题是"陪你度过这时代的晚上"，当时就有做音频课的打算，所以写得也比较口语化。到第二本，题目变成"苗师傅文学人生课"，俗世牧师那个味儿更重了。

这几年，心理按摩有很大的市场，我在一本畅销书上看到一个比喻，说生鸡蛋，摔在地上就碎了，蛋黄蛋清一起飞溅，煮熟的鸡蛋摔在地上不会碎，成熟的东西有弹性。这句话把不太成熟的心智比喻为生鸡蛋，把成熟的心智比喻为熟鸡蛋。如果我对自己的文学品位还有一点儿自信，那就是告诫自己，千万别写出这样句子来，千万别做人生导师。这倒不是因为我的这些文章对他人的生活全无益处，而是我从根儿上认定，如果我们只关注自己的情绪和心理稳定，不对公共事务发言，也不在更广的人文精神的领域去思考，我们的情绪就总是糟糕，心智也总是不成熟的。这第三本书，我花了很大篇幅去讨论这个问题。

二〇二一年是陀爷两百周年诞辰纪念，我想起看了好多次都没能看下去的《卡拉马佐夫兄弟》，我用了一年的时间读了这本书，还做了许多延伸阅读。从个人趣味上来说，我不喜欢陀爷。我想把我那种"不喜欢"说清楚。二〇二二年是《尤利西斯》出版一百周年，我想看一遍英文版。大多数时候，我们通过译本来读外国小说，但语言的束缚比我们想象的要紧密得多。这两次阅读都不容易，我把阅读中的感受记录下来，当然有分享的愿望，读书的乐趣和心得应该分享，读书的困惑也值得分享。

我还有一个自私的打算，我是怕有一天我忘了。要是我不把我读过的这些书记下来，不把自己的感受记录下来，就会有点儿茫然。在午后，打开一本书，阳光变得柔和，像撒下一层金粉，将你笼罩在其中，等回过神来，已经到了傍晚，这时你会有点儿茫然。到秋天，树叶落了，树冠上孤零零挂着几个柿子，你抬头看，发觉这一年又快过去了，你会有点儿茫然。到我这个年纪，发觉自己花了三四十年读小说，也会有点儿茫然，好像在虚构的世界里停留得太久了。阅读如同一场游荡，我想留下点儿记录。

我记得有一本很薄的小说，《彼得·卡门青》，黑塞的作品，其中有一段，主人公早上去爬山，摘了一朵花，要送给女友。我读那本小说的时候，大概十六岁，后来没再读过，情节未必记得准确了，但当时阅读的心绪激荡，似乎还能记起来。那是1980年代，喜欢外国文艺，是一种风气。萨特啊加缪啊都是非常时髦的名字，我懵懵懂懂地看，知道了几个奇怪的词语——恶心，荒诞，他人即地狱。

我们有几个要好的同学，总聚在一起看录像。某天晚上，我们看了《铁皮鼓》，很久以后我才知道法兰克福有一个"德国电影博物馆"，博物馆里有很多拉洋片的机器，展厅中央有一个柜子，其中的展品是电影《铁皮鼓》的道具,奥斯卡敲的那个红白相间的铁皮鼓。我看到那张鼓的时候,感觉它在我心里敲敲打打,从未停息。

最开始的三十讲,我写得挺快,跟人开玩笑说,干脆写到一百篇吧。那时并不觉得有那么多话要说,但感觉记忆丰沛,有很多题目会让我去读去写。二〇二二年秋天的时候,真的写完了九十篇。还差十篇就到一百了,我想暂时停在这里吧。

以上是第三段。

好了,就先说到这儿。

(原载《我终于读完了卡拉马佐夫兄弟》,湖南文艺出版社,2024年9月版)

苗炜,《三联生活周刊》编辑,著有《文学体验三十讲》《给大壮的信》《让我去那花花世界》等。

唱歌的人不许掉眼泪
——追忆德培

◎ 程永新

2023年9月28日,我与几个朋友相约聚会,傍晚6点37分,收到朋友发来的微信:德公走了。晴天霹雳!我面无表情地呆坐着,一句话也说不出来,心一直往下沉往下沉,被一股不可抗拒的洪荒之力吸到无限幽深的海底,仿佛那里就是宇宙黑洞。因为聚会的几个朋友都认识德培,我一直强忍着内心的痛,沉默着,因为我当时一说,聚会肯定就散了,我好像是来砸场子的。

终于熬到聚会散场,在等电梯的时候,我忍不住轻轻地说了一句"德培去世了",几个朋友中的一个嚎叫了一声"啊——",那叫声太恐怖,在灯光明亮的大楼里轰然回荡,整幢大楼竟像暴风雨中的树叶颤抖起来……

时光快速穿越。

2001年9月11日,二十多年前的一个夜晚,德培约我喝酒,我从城市的西面赶到杨浦,抵达后我先去了洗手间,途经大厅只见悬挂的电视机荧屏上,冒烟的飞机直接从摩天大楼的腹部穿越而过,起初以为是好莱坞大片,后来仔细一看,电视机里滚动的字幕告诉我,是新闻,是这个世界上此刻正在发生的惨剧。

我的身后爆发出一声凄厉的大叫,回头一看是夹着中华牌香烟的德培，他一脸震惊和严肃，脸色异常难看，嘴里骂骂咧咧，我们彼此都没有打招呼，两个人靠近电视机，并排站着，眼珠一动不动盯着荧屏……

那时候我还是单身，德培经常叫我晚上出门喝酒。他离开作协下海经商，创建了一个读书俱乐部，后来还涉足出版业务。《收获》与云南人民出版社成立图书公司，几次重要的会议，都是在他的俱乐部召开的，德培自然而然成了股东之一。即便在德培经商的那些日子里，他的眼光也没离开过哲学和文学。论哲学，我肯定不是他认可的谈话对象，但每次在喝酒前他会与我谈小说。在酒场，两个早到的男人谈论小说怎么看都像是两个妖怪。喝完夜场的酒，有时仍未尽兴，常常还会去消夜。黄河路乍浦路美食街都是他的地盘，迎候在门口的服务员一见到西装笔挺、手拎黑皮包的德培，马上谦恭地忙不迭地高声叫唤："程总好！"

那时候德培很喜欢我居所附近一家以老鸭汤闻名的小餐馆，多少个夜晚我们俩陪作家们在那里消夜，我印象中余华和苏童都去过，他们对这家小馆子的老鸭汤称赞有加。凌晨时分分手，黄澄澄的路灯下，身穿白衬衣手拎黑皮包的德培，站在马路边扬手招车，气宇轩昂，俨然像个大老板，等他敏捷地钻进车门，出租车就朝城市的东北方向扬长而去。

喝老鸭汤的传统延续了好多年，直到这家小餐馆倒闭为止。

德培在写我小说集《若只初见》的一篇评论文章里谈到，"有太多的夜晚，我们都是本雅明所称谓的这座城市的'闲逛者'，也是波德莱尔所关注的'游荡者'"，我不得不补一句，其实我们又何尝不是"黎明时分的拾荒者"呢？

一

1982年下半年，大学四年级，我与另一位同学来到《收获》实习。当初《收获》只有一大一小两间办公室，没有多余的地方可以容纳我们，负责办公室杂务工作的邬锡康就把我们安排在走廊上看稿。

紧挨《收获》的是《上海文学》编辑部，《上海文学》的办公室比较多，分小说组、理论组和诗歌散文组，各有各的办公室。在走廊上看稿有个好处，就是走来走去的人尽收眼底。于是我们就认识了李子云老师。她个子不高，烫着头发，操着一口纯正悦耳的京腔，总是步履匆匆从我们面前而过。那时候她是《上海文学》的实际负责人，后来我们才知道，李子云老师其实也是当时文学界领袖级的人物。

一切都是缘分，几次与笑微微的李子云老师打招呼后，有一天她忽地走到我们跟前，叫人不敢相信的是：她居然盛情邀请我们去她的办公室看稿。事情来得太突然，我们不得不去征求邬锡康的意见，隔了几个小时，邬锡康代表《收获》的意见来了，有意思的是让我们自己选择。这样，我与另一个同学就来到《上海文学》理论组的办公室。

当时我们两个从学校来的毛头小伙子，怎么可能知道这件事情非同寻常的意义？就这样，我们坐在《上海文学》编辑部，看着《收获》编辑部的自由来稿。

《上海文学》理论组的办公室朝北，一间十五六平方米的房间，除了几张深褐色的办公桌，房间里还放着两只特别有历史感的棕色皮沙发。

李老师与周介人老师面对面坐，靠门口还坐着一个闷声不响戴眼镜的小伙子蔡翔，那时候他也是刚从学校调到《上海文学》。我们就与蔡翔并排而坐。

其实那个房间坐五个人也稍显局促，记得当时李子云老师对周介人老师说："不忍心看两个同学坐在走廊上，我把他们叫来了。"

精瘦精瘦的周介人老师头发天生有点鬈，他笑嘻嘻地跟我们打招呼，他笑起来额头有一排皱纹。李子云老师接着对他说："也是你们复旦的。"周介人老师忙不迭地分别朝我们说"欢迎欢迎"。只有蔡翔有点严肃，朝我们点点头，不苟言笑，眼镜片一闪一闪的，显得很有学问的样子。蔡翔可能也是初来乍到，工作态度尤为端正，每天都是第一个到办公室，然后放下书包，提着两只竹壳热水瓶，晃晃悠悠从三楼步下一楼去打水。

没过多久，我们便发现事情似乎有些不对劲。我们是不是走错地方了？因为在这间小房间里，我们不但见到了传说中的茹志鹃老师、吴强老师、王西彦老师、钟望阳老师，而且还见到了许多北京来的文坛大佬，这俨然是文学界的最高司令部啊，而我们两个冒昧的闯入者浑然不知，居然斗胆坐在那儿，把当时的文坛机密都听了个够。当然我们那时候云里雾里也听不懂，也无对象可以传播。

记得茹志鹃老师一来，就会与李子云老师一起抽烟聊天，两位女士分别坐在皮沙发上，吞云吐雾，茹老师抽烟的姿势爽朗豪

177

迈，李老师抽烟的姿态优雅高贵，我的大学同学跟我说，他此前没见过抽烟如此优雅的女士。她们谈的都是当时中国文学的思潮和大势，我与大学同学勉力阅稿，但一个字都看不进去。我们几乎把头埋到胸前，恨不得用塞子把耳朵塞起来。她们谈的内容哪是吾辈可以听的？

某天下午，理论组的办公室先后来了两个年轻人。先来的一个大头大脑，披着长头发，声若洪钟，周介人老师主持谈文章的修改，他们谈得似乎很和谐，周老师看着一张小字条逐条提出意见，大头大脑的人反应敏捷，语速飞快，声音浑厚，等周老师谈过意见，他的回应里加上自己的理解和发挥，还带一些玄思，天马行空无拘无束。所以，他们的谈话是在一团和气中结束的。

后面来了个戴眼镜的小伙子，面容清癯，神情严肃地坐在皮沙发上，眼镜片闪烁，嗓门很大，周介人老师依字条上的意见说一条，小伙子愣了愣，不假思索马上顶回去，周老师一时语塞，又迟疑着往下说了一条，那个小伙子又毫不客气顶回去。两个人说话的声音一个细声细气，一个哇里哇啦，我与大学同学无法阅稿，仰头望着墙壁，都不敢转身去看这两个人，生怕他们会吵起来。当时的印象，周老师提的每条意见，都被戴眼镜的小伙子无情地驳回。后来，是坐在旁边沙发上的李子云老师出来打圆场，才没让事态发展到不可收拾的境地。戴眼镜的小伙子明显对李子云老师很恭敬很买账，于是乎天气雨转晴，小伙子辩白的声调低下去，大嗓门变成小嗓门，语气也婉转许多。最后大概是戴眼镜的小伙子做出某种妥协，同意文章进行局部修改。

这两个小青年离去之后，我们才知道，大头大脑的叫吴亮，犟头倔脑的叫程德培。他们的文章我都读过。

二十世纪八十年代初,《上海文学》的理论组几乎是国内文学运动的桥头堡,面对拥有生杀大权的编辑,程德培不过是一个初出茅庐的写作者,他哪来的底气和勇气,声音梆梆响,把周介人老师的意见都一条条顶回去?

二

1983年的夏天,我从复旦中文系毕业,正式分配到《收获》。其时,吴亮与德培也先后进了上海作协,他们在理论研究室,作协大院后面的一间小屋子是他们的办公室。时不时有全国的批评家来拜见这对双子星。

那时候作协一楼的大厅经常召开作品讨论会,我沿着旋转楼梯上下楼,经常会听到他们辨识度很高的嗓音,吴亮的声音洪亮浑厚,德培的声音高亢激越。德培讲话的语速较快,怎么听都像是吵架。后来德培对我解释过,说他是工厂出来的人,习惯于大声说话。

不久,德培主办《文学角》,《文学角》又演变为《海上文坛》,他的办公室搬到作协主楼的二楼,走上走下,我常常能看到在二楼楼道的尽头,穿着西装的德培夹着烟来回踱步。那时候我们没有什么交往,甚至连招呼都不打。我暗暗诧异,这个喜欢穿西装衬衣的人,在思考中国文学的前途还是在规划《海上文坛》的未来?

《海上文坛》居然被德培打理得像模像样,渐渐声名鹊起,我的一个朋友在日企工作，某日找到我，点名要在《海上文坛》上登一篇软文。这让我很为难，我与德培没来往，只得悄悄把文章递给《海上文坛》的一个女编辑。

过些日子文章竟然发了。我的朋友拿来一堆面料精致价格不菲的睡衣，要送给《海上文坛》编辑部作为答谢，我怎么好意思做这种事情？我让他自己送到二楼去。这样我与德培依旧可以保持距离，不需要当面接触，依次蒙混过关。

不知过了多少年，在饭桌上德培脑回路异常活跃，猛然提起这件事，试图忘掉的一段逸事从此成了经常调侃我的材料。他想表达的意思，无非是当年的我看上去清高，其实不过是貌似清高。话有些毒，但基本符合事实。

除了这个小插曲，德培回首往事，说八十年代那个时候在作协不理我，是因为我年轻时长得太帅。德培喝了酒常常喜欢戏说，上海话叫"拉讲（gang）"，他调侃我的时候我只负责笑，并不加以反驳，一是为了让叙事者高兴，二是我知道他只有对熟人、对亲近的人才火力全开地开涮，借此可以活跃饭局的气氛。

中美之间在上世纪六七十年代交往是因为乒乓球，我与德培交往是因为麻将。九十年代我们因为拥有共同的朋友而凑在一起打麻将，我去吴亮家里打过，也去德培家里打过。后来吴亮对麻将不感兴趣了，而德培却变成绝对的主力队员。德培说他年轻时候不抽烟不喝酒，步入中年烟不离手酒不离口。麻将也一样，他从不会打，逐渐成为不拒绝人邀约的绝对主力。德培在牌桌上的打牌风格比较激进，麻将如此，后来发觉他斗地主也如此，喜欢搏，我常常想，这是不是就是他的人生写照呢？

九十年代的时候我不知道发生了什么，德培被迫离开作协，他先创办读书俱乐部，后来又办出版公司，但我觉得他始终徘徊在边缘地带，或者说在文人与商人之间挣扎，他俱乐部进的书和他公司出的书，都带着个人强烈的兴趣爱好，这也是没有办法的事情，他骨子里是文人，经商只是一种生存方式。他每天请客吃饭，请的人全是作家和批评家，都不会给他带来任何实际的经济效益。不过德培是一个细腻的人，请什么人在什么饭店，是非常讲究的，一般人看不出门道来。

全民经商的九十年代，我也曾经向杂志社提出过辞职下海，杂志社没同意，后来很多年过去了，我对德培说，时过境迁，于今我非常满足当一个"三平先生"。他问我什么叫"三平先生"，我说就是平安、平稳、平实。我说我同样没有什么经济头脑，我要真去经商基本跟你是一样的结局。

德培板着脸说："你的意思我明白，我就是你的反面教材，这话谁听不懂啊？"我哈哈大笑。

因为经济转型，纸浆价格上涨，文学刊物的生存一度出现困难，杂志的发行变成头等大事。《收获》编辑部请德培吃饭，因为他跟邮局系统的关系好。饭桌上他不仅毫无保留地将邮局方面的人脉推荐给我们，还出了很多金点子，德培喝了酒灵感泉涌，妙语连珠，一串串金点子通过幽默的方式道出，编辑部的同仁们光顾着笑，一下很难消化他的话。

我们的关系渐渐开始走近之后，有一个冬天，德培请我去新锦江吃饭，我好不容易赶到那里，见到了久违的李子云老师。在座的其他人都是他公司的员工，其中一个副总告诉我，李子云老师喜欢吃大闸蟹，每年冬季，德培都要请恩师吃一次螃蟹。他自己光喝酒，把螃蟹省给李老师吃。我对螃蟹其实也无感，也想奉献给李老师，李老师连连摆手，吃掉了德培的那只，坚决不肯吃我的那只。席间我借助酒意，大着胆子说了些感激李老师当年让我去她办公室的话。不承想我的话遭到德培的讥讽，意思是我光说不练。

我记住了这次饭桌上德培的话。无非是滴水之恩，当涌泉相报。自那次饭局过后，我一次次让德培帮我约请李子云老师。持续了很长时间，有一回我执着地要求德培帮我兑现愿望，德培见实在绕不过去了，冷不丁来了一句："李子云让我跟你少来往！"

我傻乎乎地问为什么，他回答说，这你都不懂吗？各为其主，你如今是《收获》的红人。

我还是不明白，当初李子云老师把我们叫到她办公室去的时候，我不是也在为《收获》工作吗？当初是当初，如今是如今。德培斩钉截铁地说，断了我所有的念想。

一直到李子云老师去世，我都没能请她吃上一顿饭。但李子云老师抽烟的姿态，深深地印刻在我脑海里。我还记得，李老师喜欢用书信体同女作家讨论小说，她的文章朴实真挚，直截了当，很少有当时流行的大词和虚词。

三

德培住在杨浦区，上海的东北方；我住在长宁区，属于城区的西南边。德培经常开玩笑说他住的地方叫"水浒"（梁山泊），我住的地方是"红楼梦"（大观园）。可从我开始走近他，无论在饭店还是在酒场，他一定抢着买单，从黑皮包里拿出一厚叠纸币交给服务员，连数钱的兴趣都没有。早些年我要抢到了单，他会跟我翻脸，嘴里嘟嘟囔囔骂服务员。后来他的公司倒闭了，对别人买单也愤怒不起来。我知道他心里是委屈的，是不舒服的，只是不得不面对现实而已。

千禧年我们几个朋友去南京，快到南京市区时发生了小车祸，我们自己两辆车追尾，来了个警察，听说我们是一起的，没兴趣处理，挥手让我们走人。晚餐时德培异常兴奋，不停讲追尾的段子，他学警察的话惟妙惟肖，逗得大家忍俊不禁。

凤凰台宾馆下面有个大书店，晚餐后德培背着手在那里四处转悠，指指点点，他说台湾的书店都这么大，我猜到他的理想就是有这么一幢楼，有一个大书店，他住在里面看看书、写写文章。可惜理想很丰满，现实很骨感。

德培心心念念的还是文学，或者说文化产业也行。○几年，在骨感的现实里，德培搞了个文学排行榜，第一届在嘉兴举行。没有奖金，却有几十个作家参加。当时我听说是嘉兴方面出资的，那时候李森祥是作协主席。第二届德培准备与富阳合作，富阳因郁达夫而闻名，也是麦家和李杭育的老家，富阳兴许是德培最喜欢，也是去得最多的地方，他在那里有很多朋友，我也有幸陪他去过几次。

后来不知什么原因，与富阳合作排行榜的事情黄了，一段时间里德培闷闷不乐。有次我与上海闵行区区长会面，叫上德培，席间说起排行榜之事，区长是个爱好文学和戏剧的官员，他当时便说，为什么不把它变成一个奖呢？闵行区有春申路，如果可以叫春申奖的话，闵行区政府愿意来资助。

德培是有腔调的，我猜他心里应该是十分愿意的，但在场面上表现出来的反应并没有那么强烈。之后他时不时来找我商量。我想，红娘也当了，其他的事情应该德培自己去搞定，我就不参与了。不料德培虎着脸对我说，你不管的话我一个人唱独角戏啊？求求你了好！

他这么说的时候口气生硬，容不得商量和推诿，根本不像是在求人，俨然就是在给公司的员工下命令。

那一年的春申奖由谢冕老师担任评委会主任，这是我与德培商量的结果。我们希望这个奖具有民间色彩。谢冕老师是我去请的，其实我跟谢老师不熟，只在大连见过一次，为了德培只能勉为其难了。谢冕老师是个宽厚的长者，电话里他的福建话听起来很费劲。可当我把事情的来龙去脉说清楚，谢老师一口答应。那届春申奖长篇小说奖给了莫言的《蛙》，短篇小说奖给了金仁顺的《彼此》，散文奖给了熊召政，编辑奖给了林建法。

从头到尾德培像个幕后总指挥，非常淡定地坐在那里喝咖啡，我则像他的秘书长，大部分请人的工作都由我代劳了。幸亏颁奖典礼得以成功举行。

这届春申奖过后不久，《蛙》得了茅盾文学奖，再过两年，老莫得了诺贝尔奖。那年从瑞典传来喜讯的时候，德培比所有人都高兴，按照他的说法，老莫的好运是从春申奖开始的。

四

有一段时间德培心脏出问题了，生了一种奇怪的病，他认识很多医生，最终朋友帮他介绍瑞金医院的一位老教授，老教授说医院刚好进口了美国刚刚研发的一种临床新药，就是治疗这种病的。德培服用了几个月的进口药，心脏病幸运地痊愈了，他又可以毫无顾忌地抽烟喝酒了。

三年疫情，德培一直情绪不高，他说他的大腿经常发麻，全面放开后，他也是过了几个月才去医院检查，被诊断为黑色素瘤。据说黑色素瘤的治愈率是很高的，那么我常常想假如早一点去就医的话，德培应该不会那么早离开我们。德培夫人告诉我，他最后是心脏病并发症去世的，我又在想假如那时候他备一点心脏病的特效药，也许就能度过劫难了。谁知道呢？全是命，全是运。

给德培治疗心脏病的老教授我见过。那年去西安参加贾平凹的讨论会，同行的还有蔡翔。在飞机上我突然浑身冒冷汗，心跳加速，空姐给我端来了热水，让我斜躺。从西安回上海，主编李小林热心地帮我联系好华东医院的心脏科专家，经过一番复杂的检查，什么心超和郝特等，诊断我为冠心病。当我提着一大包药品走出医院的时候，心绪苍茫，不得已给德培打了个电话。我说我可能得冠心病了，但我还想请为他治病的老教授再确诊一下。德培二话不说，很快帮我联系好瑞金医院的专家。

我清晰记得当时德培根本不听我描述病情，粗暴地打断我说：你那算什么！我的心脏病差一点就没救了。那时候我单身，四十出头，母亲去世后与家人的联系也不多，德培就以他粗暴简单的方式来慰藉我，给了我一种踏实感。

瑞金医院的医生是一位年近七十的老太太，花白短发，她不看门诊，只预约心脏方面的疑难杂症。她的助理是一位五十来岁的女医生，把我带进一间小房间坐下。我把情况一说，老太太目光炯炯地盯着我问了几个问题，然后让助理带我去做心电图。

心电图的报告放在桌上，老太太皱着眉头咕哝，然后对她的助理说：什么冠心病，病毒性感冒导致的心肌炎后遗症。

这样吧，老太太最后对我说，你去医院门口的药房买一瓶几块钱的激素，吃一个星期，好了就好了，不好也不用管它，一度房室阻滞，没关系的。

我站起身来说谢谢。老太太看都不看我，朝她的助理挥挥手，示意让下一个病人进来。老太太带点傲慢的表情似乎很冷漠，但又让人无端地很放心。她几乎不给我做什么复杂的检查，只是凭着经验、嗅觉和灵性来下诊断。当时感觉老太太看病的方式，与文学编辑判断稿子的好坏很像，或者说有异曲同工之妙。

我没把看病的过程和结果告诉德培，但他似乎对所有的细枝末节全知道。他请我吃饭，见了我笑嘻嘻地说，就知道你没啥问题，吉人天相。你可以放心了吧？

2010年以后，德培又重出江湖开始写评论文章。开始写的是几千字的短文，并没有太引人注目，但他进入状态的速度有点让人吃惊，后面的文章一篇比一篇好。我想这也许与他的目光从未离开过文学和哲学有关。

那时候我们经常与张定浩、木叶等一群年轻人在一起喝酒吃饭，席间他对国内翻译出版的西方哲学大师的书籍了如指掌。可以说，德培为上海形成一个文学批评的良好氛围立下了汗马功劳。他写一个作家，必须通读这个作家的所有作品，还要把能找到的评论文章都拿来读，如果把一个作家的作品比作湖，他会奋不顾身飞跃入水，在湖中浸泡良久，然后带着浑身水滴上岸，这时他才会来议论评价湖的风景。他只看文本，拒绝与作家交流。他不是简单地对一部作品下判断，而是借助作品来诠释他的阅读感受、意义的空间以及小说的本义为何物。

假如说上世纪八十年代他的文章能够脱颖而出是时代提供了契机，而他重出江湖书写的一篇篇极其灵动的宏文，在我看来无人能出其右。他写王安忆、迟子建、金宇澄、李洱、刘震云以及张楚、弋舟他们的文章，都变成当代文学评论文章的翘楚，说经典也不为过。老实说我读评论文章，基本都是浏览，有时看题目就知道作者想说什么。唯有德培的文章可以读两遍以上。记得我在美国迈阿密出发的游轮上，读到德培写宁肯的长篇小说《天·藏》的那篇文章，我舍不得一次把它读完，读读放放，整个旅途，我的脑海全被这篇文章萦绕着充盈着。《天·藏》因为涉及宗教和哲学的内容，我在德培的这篇文章里读到他对哲学、文学和存在的思考，也读到了他对小说的理解。金句迭出，像一首交响乐，随处可见华彩段。

2007年，我的长篇小说《穿旗袍的姨妈》出版，4月22日在上海同乐坊召开过一个新书发布会。会议召开的当天，德培在《文汇报》上发表了一篇千字文。我知道，这是他的精心安排。他的细腻和敏感，常常让人猝不及防。

座谈的时候德培的发言很简短。对我而言，其实就是一个作家们的聚会而已，我已经很知足很感恩了。可在之后的很多年里，他一次次地带着歉意跟我说，低估了你这部长篇的价值。我说写作对我来说就是客串，我就是个业余作家，一个懒散的人，你不必放在心上。我说的是真心话，可他不依不饶，一次次催促我把"流浪三部曲"的后两部写出来。

2016年我当了《收获》主编，德培跟我聚会的机会少了，以至于我常常觉得他是故意回避与我接触。有一次我问他发生了什么，他说要跟我疏远一点。我说为什么，他说疏远一点好，对你好，对大家好。但即便在这样的情况下，他还是没有忘记催促我完成长篇。

德培的评论集得了鲁奖，他一次次请客。我也参加过几次他的宴请。喝酒时我故意问他方方面面拿了多少奖金，他面露羞涩地说没多少，还没到手哩。其实他知道我是跟他开玩笑的，他是一个出手阔绰大方的人，在读书俱乐部生意惨淡时他依然每天请客。不过那时候请客就在他公司旁边的小饭店。他的俱乐部就是朋友们的驿站，即便在最不景气的日子里，他依然喜欢人来人往高朋满座。我常常想，德培要是在商场上成功，他一定会像古时的土豪一样门客三千。他曾说他的祖籍是广东。

三年疫情，被封在家无聊，我写了若干个中篇，结集出版了《若只初见》。德培偷偷在家写了文章，那时候我知道他情绪不佳，每次我都跟他开玩笑说，你要开心点，中国文学离不开你，你还要写很多文章呢。他摇摇头说，老了，不行了，写不动了。那时候我以为他是在撒娇，因为已经习惯他的正话反说。

五

德培离开上海作协始终是个谜。对这段往事他从来不提。我因为好奇也比较坏,有时喝了酒故意逗他,引诱他说说当年的事情。他即便喝多了,脸色红润,眼光迷离,也绝口不说当年的事,打死也不说!我故意提到一些人名请他评价,他蒙眬的眼光盯视着我,表情有些尴尬,王顾左右而言他。他经常调侃的都是身边的人,比如朱小如,比如我。真正伤害过他的人他永远不会说一句坏话。

我无意用文字来描述德培的一生,我也没有能力来概括德培的为人,他有没有犯过错不重要,但我确信,德培始终拥有一种与人为善的境界和格局。而中国文人太缺乏这样的境界和格局了。

有次我帮古井集团的副总裁、小说家杨小凡邀请德培、朱小如去亳州,在亳州的第一天,贪杯的朱小如就喝多了。第二天杨小凡代表集团正式宴请,陪同的还有几位古井的高管。朱小如号称身体不适,死活不肯喝酒,那天喝的是五十年的古井,德培觉得很没有面子,他开始逐个敬酒,连续敬了好几圈,那些古井的高管都惊呆了,说没想到上海人那么能喝。

我知道坏了,这句话肯定冒犯了德培,只见他一手提起公杯,一手指着朱小如说,这个人姓朱(猪),现在"上海二程"敬你们,怎么样?

我没告诉过德培,其实母亲帮我改过姓,因为家庭出身不好,德培喜欢说"上海二程"就随他去吧。在德培逼视的眼光下,我也不得不提起公杯缓缓站起身来。那天在古井德培都是用公杯喝的，气吞山河，豪情万丈，总量至少在一斤以上。那一刻的德培在众人眼中，就是撞倒不周山的共工。席间我也随其炸了好几壶，大概没有给他丢脸吧。

上世纪九十年代初，我与《萌芽》的孙文昌和《上海文学》的张重光一起去草原，当时也是有人拿上海人不善饮酒来说事，一怒之下，我们轮番与剽悍的内蒙古汉子炸壶，喝的是六十度的草原白加马奶酒，最后蒙古族兄弟比我们先倒下，一个个躺在草原上仰望星空，当然后来上海人也都倒下了，草原白加马奶酒喝醉，真是难受无比。

草原人喝酒有马头琴相伴，德培喝了酒喜欢听人唱歌。记得最早他喜欢听《青藏高原》，谁唱得好他一定会命其再来一遍。我少年时扁桃腺切除，嗓音不好，可是与德培一起喝酒无法不唱歌。我起始的保留节目是韩磊的《等待》，德培显然喜欢听，于是每次他都悄悄地让服务员去为我点这首歌。后来德培也会唱了，唱得还挺好，我就没兴趣了，改唱汪峰的《北京，北京》。一段时间不见，我发觉德培也会唱《北京，北京》了，就改唱旭日阳刚的《春天里》。这情形有点像歌咏接力赛。

去年和今年，我两次与朋友们去内蒙古，学会了《乌兰巴托的夜》，我期待哪一天与德培聚会时唱给他听。谁知道天有不测风云，永远也没有机会了。

得知德培生病的讯息，我耿耿难眠，思前想后自己所能做的事情极其有限。知晓看病治疗都是重情重义的朋友在陪同，我只能时不时向他打听情况。我了解德培，他是一个要面子的人，资助钱他不会要,去看望他也未必讨他喜欢,我只能托人给他带点龙井和食物。

9月底接到德培夫人的电话,她告知我德培是因为心脏病并发症离世的,没有经受痛苦和折磨。追悼会定在10月2日,德培夫人打电话给我嘱我写悼词,我说很抱歉,我一个字都写不出来。我说的是真话。

10月初我在外地,没有赶回上海,不是不可以赶回来,我的怯懦使我无法直接面对德培离去的事实。后来在武汉卓尔小镇,好客的主人请来小乐队助兴,那天一起喝酒的还有李修文,他带来他的朋友,一位哈萨克族歌手,面对夜幕和星空,悠扬的歌声在四处回荡。

酒至酣处,修文拉我一起唱歌,我迟疑着,点了《乌兰巴托的夜》,边上的朋友是一起去草原的,她说就知道我会唱这首歌,但她肯定不知道我为什么要唱这首歌。于是,我与修文合作,放声唱出积郁在内心深处无限的悲伤:

穿过旷野的风 你慢些走

我用沉默告诉你 我醉了酒

乌兰巴托的夜 那么静那么静

连风都听不到 听不到

飘向天边的云 你慢些走

我用奔跑告诉你 我不回头

乌兰巴托的夜 那么近那么近

连云都不知道 不知道

乌兰巴托的夜 那么静

连风都听不到 我的声音

乌兰巴托的夜 那么近

连云都不知道 不知道

乌兰巴托的夜 那么静那么静

唱歌的人不许掉眼泪

(原载《江南》2024年第1期)

程永新,《收获》文学杂志主编,著有《穿旗袍的姨妈》《若只初见》《一个人的文学史》等。

去做"能做，又喜欢做的事"

◎ 贺嘉钰

1979年底，在跟同学借来的《今天》杂志上，刘福春读到了《这是四点零八分的北京》。多年后，想起那本杂志的蓝色封面与其中的诗，他依然能体会到当时是如何"一震"。那时他还不知道，两个月后，春节没有过完，食指在诗中离开的地方会是他的目的地。他将从长春乘火车到北京，出了车站，往日坛路去。一个两手空空，"没有带一件行李"的年轻人将来到中国社会科学院文学研究所，来报到。

彼时他也不会知道，那个"空空"的自己，将在未来收集到以"吨"为单位计量的诗歌文献，将与四千多位诗人结识、通信并建立诗歌档案库，将独自完成两百六十余万字的《中国新诗编年史》，将以对新诗文献的寻找、发现、整理、考辨为志业。他的工作与生活，将被这些"与诗有关的纸"，填得满满当当。

从原始文献出发

读中学时刘福春迷上了诗，起点是李瑛的《红柳集》。从语文老师那里他读到这本诗集，并将一整本抄下。1972年后，在前郭县新华书店，他买了所有能找到的李瑛诗集。这一年刘福春高中毕业，作为家中独生子，他留在城里没有下乡。在粮库晒粮装车，在运输公司做乘务员，1974年，他正式分配到县木器厂机修车间，成为一名电工。在晒粮、卖票、车间工作的几年里，和许多青年一样，他得空就跑图书馆，看报借书，把喜欢的诗抄下来。1976年，刘福春被推荐进入吉林大学中文系学习，是最后一届"工农兵大学生"。

他常戏称自己是"吃草"长大的。这让他没有"行李"，也没有"包袱"。1980年2月底，从文学所报到出来，他从日坛路走到天安门，走到故宫，又走到中国美术馆，来北京的第一天，他想好好看看这座城市。后来刘福春常常念叨一句话，"不到北京，不知道世界之大"。

几天后，刘福春进入"现代文学研究室"，可对于将要展开的工作，他没一点概念。

"那时我对'研究'是什么都不知道，更不要说'现代文学'。来文学所我本以为自己可以做诗人。"所里派他给唐弢先生当助手，同事前辈好心提醒，跟着唐先生，好好做鲁迅研究。他偏偏固执，"我就是喜欢诗，我要研究诗"。

现代文学研究室有个传统，年轻人来，不急写文章，做研究要先读原始报刊。刘福春定下计划，所图书馆1949年前的所有期刊，一架一架过，一本一本看。他还做了一件事，给看到的每首新诗做卡片，记录下诗的题目、作者、发表刊物以及诗的第一行。读原始报刊，是刘福春做新诗研究信奉、坚持并深深受益的方式。他以此"回到"当初，看见"当时"发生，看见了别人忽视的细处。

"我一直警惕研究沦为'理论'之类的'注释'。不能抱着已有观念用材料去确认，而要在面对材料的过程中遭遇新的问题。我和学生讲，不要盲目迷信文学史，你甚至要有'挑战'它的意识。只要从原始文献出发，好好细读，一定能发现问题。"

读原始报刊发现的第一个问题是"小诗"。"1921年到1924年前后，少至一两行，多至四五行的一种短小诗体，像细水一样涌上了当时的诗坛。这在报刊上有明显呈现，但没有人看见或讨论这个问题。"1981年3月，刘福春完成《小诗试论》初稿，次年发表在《中国现代文学研究丛刊》上。"这篇文章写得并不成熟，但因为小诗的题目，送出去也能发表出来。"

那几年，文学所樊骏先生带着刘福春与张建勇两个年轻人进行现代文学研究评述工作。"樊骏的要求很简单，文学所大部分与文学相关的报刊都订了，我们俩就在资料室里读报刊，与现代文学有关系的文章都做一张卡片，重要文章要做提要，每一年我们俩做的卡片能装满满一卡片盒。这些做好的卡片送给樊骏后，他归纳分类形成系统，当然除了看卡片，重要的文章樊骏也要读。"这项工作让刘福春对现代文学研究现状有了相对完整的了解。老实细致的研读是刘福春学术研究的最早训练，到第三年，他"自觉知道的要比很多人多"。

1981年4月，文学所举办"中国现代文学思潮、流派问题学术交流会"，卞之琳、钱谷融、沙汀、牛汉、曹辛之等前辈都受邀前来。会上，刘福春负责从火车站和家里来回接送先生们，到北京一年，"世界"之大以另一种方式在他面前展开。"那次开了眼界，见到也认识了很多前辈。"

195

1982年前后，文学所启动了《中国现代文学史资料汇编（丙种）》工作，刘福春承担了其中《中国现代新诗集总书目》的编撰。其他门类都集体作业，他因为"本来就喜欢诗，又不清楚其难度，初生牛犊不怕虎，就一个人独自承担了"。这项工作不允许使用二手资料，要见到原书才能抄细目，这一要求，刘福春坚持了一辈子。"独自承担"也成为他的研究常态，在四十余年的文献整理中，最基础的数据录入他也自己做。

书目编纂这项工作让刘福春既泡图书馆，也开始跑图书馆。

看完文学所里的诗集，他跑到位于柏林寺附近的北京图书馆（现中国国家图书馆）与国子监附近的首都图书馆。那时他常常骑车一两个小时，早出晚归，图书馆中午休息，他就买个面包随便吃一点，等到下午开馆再继续查阅，不过"冬天在馆里抄细目时，身边还有小火炉"。北京高校的图书馆、人民文学出版社等单位的资料室他也"扫过"。好友林莽用"在各编辑部搞'卫生'"形容他的工作方式。地毯式清点北京所能找到的新诗集后，他开始跑外地。三年间，刘福春跑了全国五十多家图书馆，给查阅到的每本诗集都做了卡片，他将诗集作者、编者、书名、出版地、出版者、出版时间、开本、页码、丛书名及同一著作的不同版本诸项信息，以及诗人的简介包括生卒年、原名、出生地等信息一一记录。为了保存好这些卡片，家里专门买了一个像图书馆那样带有几十个抽屉的卡片柜。最近，刘福春在写一篇有关孙望先生的文章，里面正好回忆了1985年在南方的这段经历：

1985年10月11日我先乘火车到重庆，23日乘船过三峡，25日抵武汉，31日到广州，11月9日到上海。其间主要是为编撰《中国现代新诗集总书目》去图书馆查找新诗集，在重庆还参加了郭沫若在重庆讨论会，收获满满，只是到上海时所带的费用已经所剩无几。我一面发报给文学研究所请求汇款，一面不得不向上海图书馆的肖斌如先生借款20元维持至14日收到所里的电汇。

我18日晚抵南京。现在想想，不知为何到了南京我没有第一时间去拜访孙望先生，而是先去了图书馆。19日上午去南京大学图书馆，一本需要的诗集也没有找到，下午去南京图书馆，因为我提供的查找书目太多不接待，无奈只好准备返京。没想到的是第二天早起排了很长时间的队也没有购得预售车票，找朋友帮忙，折腾了整整一天仍是无果，晚上挤回旅馆写下一首《在南京》，记录了当时的情绪。

    脚步拖着疲惫的心情
    公共汽车
    卸下陈旧的拥挤

    天空孤零零
    太阳搁浅了

    酒泡木了神经
    做着不转弯的梦

第一节是写实，第二节是心态。至于第三节，我从不喝酒，虽然在上海单位已汇款给我，付了房费等所剩不会很多，也无钱买酒，应该是比喻。21日又是早起乘头班公交车去车票预售处，绝望时突然有人退票，虽然是当天中午的车我还是买下，因此拜访孙望先生只能是来去匆匆。

也是这一年，"诗人"刘福春将自己写下的49首诗编成一个小册子，家乡前郭县文化馆操办印制，162本《雨的回忆》来到人间。在印刷厂，他找出自己名字的三个铅字，蘸上淡绿色油墨，一本一本，把名字拓上去。"从封面看，好像还是三色印刷，其实不是，三色印刷在当时还比较困难，淡绿色的名字并不齐的。"印完诗集了却一桩心愿，刘福春自此和"写诗"告别。

收集和诗有关的一切消息

看起来零敲碎打，可刘福春认准这一件事，在一日日奔行找寻里，他以翔实丰茂的文献，有根有据、有细节有体量地复现着新诗百年行经。

他用一种近乎笨拙的方式探出自己的路。只见他的著作而未见其人时，有人想象，刘福春一定是镜片像瓶底一样厚的老学究模样，苦兮兮埋首故纸堆，哪想见，他常常说几句话就要哈哈哈地大笑起来，同事们叫他"快乐王子"，有他在的地方，空气都飘浮着轻松和明亮。

刘福春确实很快乐，他知道，做一件他能做、做得好、又喜欢的事，是多大的幸运。

为准确掌握诗人信息，他和诗人们开始建立通信联系。一张表格、一份名单附在信中，有关诗的消息渐次传递，涟漪散开。

他设计过一张"中国现代诗作者调查表"，后更新为"新诗作者情况调查表"，除采集基本信息，表上还列有"何时开始新诗创作""处女作发表于何时何刊"等问题。这份调查表为他收集到了包括纪弦、郑敏、昌耀、蔡其矫、胡征、彭燕郊、张默、朱子奇、痖弦等在内约四千位诗人的诗歌信息。"老一代诗人会很认真地填写，现在的诗人，都不大回信了。"

还有一份"诗人名单"。"为更多地了解诗人情况，1984年底我依据所见到的资料整理并打印了一份想要查找的出版过新诗集的诗人名单。名单共6页，录诗人近500位，我在致信诗人时随信附上，请诗人们帮助提供名单上诗人的信息。名单发出后得到了多数诗人的支持，复信总会介绍几位诗人情况或提供查找线索，有的多一些就直接写在名单上再将名单寄还我，这样我了解的诗人信息逐渐丰富，能通信联系的诗人也越来越多。"

因为去信内容大体一致，最多一天，他写了六十多封信，写到晚上自己都乐了。他也曾尝试打印信件，用了没几封，觉得不礼貌，便坚持手写。"那时收到一封信，要告诉人家信收到了。"在与诗人的交往中，刘福春注重这些小事，他和老诗人们延续着有响声的交往。

谢冕在《花重锦官城》里描述过刘福春的家和他的爱人：

他居室紧窄，几乎所有的空间都被日益增多的诗集"霸占"，阳台上下、卧床周边，包括餐桌，过道，都塞满了诗集和文件，几无容身之地。夫人徐丽松,全力支持他的事业,成了最亲密的合作者和最无私的助手,小徐不仅贡献了本就不宽广的居室(生活的舒适),而且贡献了全部的心力。其情景极为动人,我感动之余,称她为"伟大的女性"。

1993年2月,刘福春花了七千多块钱购置了一台电脑,这在当时绝对超出他家庭的承受能力。他一点点将卡片信息电子化,可电脑三天两头出问题,找人来修,修了又坏,坏了再修。11月,又花了一千两百元换了硬盘。回忆起这些,他也没有埋怨,刘福春的妻子徐丽松讲,"我们用这台电脑学会了五笔打字,总是有人来修,我们就多问,也好像花钱报了个学习班"。

九十年代初,刘福春和爱人还分居两地,他住在劲松九区社科院一间十平方米的宿舍,妻儿来探亲时,要搭一张他自制的折叠沙发床。"那时候有朋友上家来,说你们怎么没有立柜啊。屋子很小,到处是书,根本没地儿放立柜,衣服都是装在箱子里放床底下的。有个沙发也搁不下了,只好搬到走廊里。有一次樊骏先生来找福春,他坐在那和我说,小徐,我来你们家就像候诊一样。"回忆起这些,徐丽松依然笑出声来。

虽然生活不宽裕,可买书、研究上的投入他和家人从不吝惜。妻子回忆,"90年代末,有次一位朋友送他书,他竟从几十公里外的地方将两大捆的书,换了几次公交车,其中还上下地铁,搬回了家。我心疼又责备他,搬这么重的东西应该打车的,他说那得花几十块钱,又能买好几本书了!"

多年来,刘福春和徐丽松一直为诗歌刊物《诗探索》奔忙。

"福春为《诗探索》认真负责地做义工二十年，从约稿、审稿、校对、跑印厂到在办公室值班。"好友林莽还讲起，"我们一同到过大大小小许多城市，每到一个地方，他第一个要问和要去的，就是旧书店或拜访老诗人。他第一次去日本的九州大学，一头扎进资料室，整个礼拜都在查阅和复印资料，一天也没外出游玩就回了北京，让严谨的日本教授也很感动。"

刘福春做事从来谦逊，不张扬，不夸张，用最靠近事实的声音，讲述并辨别这个世界。

1980年代末《中国现代新诗集总书目》基本完成后，刘福春又开始当代新诗文献的收集。2006年编撰的《中国新诗书刊总目》由作家出版社出版，该书收录1920年1月至2006年1月大陆、台湾、香港、澳门及海外出版的汉语新诗集、诗论集17000余种。出版后，《文学评论》《光明日报》《中华读书报》《人民日报》等报刊发表了书评和介绍，认为这是"中国新诗研究的世纪性工程"（李怡语），"新诗大厦的基础工程"（吴开晋语）。《中国新诗书刊总目》获第七届中国社会科学院优秀科研成果三等奖和王瑶学术奖二等奖。

新诗史也是一部"问题史"

刘福春的文章写得不多，或者说，很少。他的工作量与难度，与以文章数量来作简单量化完全无关。这样做也几乎意味着在青年中年的学术生活里，他与职称评定等硬性评价体系保持了距离。他是固执的，用自己的方式心无旁骛做着只有他这样做的事。

学术生涯一个高光时刻在2013年。

这一年,《中国新诗编年史》由人民文学出版社出版。16开,上下两册,1500余页,265万字,全书以编年形式详细记录了1918年1月至2000年12月发生的有关新诗创作、出版、活动等史事。

"正是这些原始文献的阅读,修正了很多以往研究成果里边的结论、史实,你会发现新诗的历史原来那么丰富。我撰写《中国新诗编年史》的一个原因,就是感觉一些新诗史著作把我读到的那样一个丰富、复杂的诗歌史简化了,所以我想尽量还原它的丰富和复杂,而这部书的完成更是依靠那些原始文献的阅读。"

刘福春用最靠近事实的方式,为发生了一百余年的新诗编年。在他之前,没有人这样研究中国新诗。刘福春的新诗编年史也是一部有着个人风格的新诗问题史。在他的观念里,诗不单是审美对象,更是理解和进入历史的具体入口,是充满"问题"的历史现场。

学界给予这部著作极高评价。谢冕先生讲:"《中国新诗编年史》的出版是中国学界、特别是中国新诗研究界的一件大事。这部学术巨著的出版,不仅标志着中国新诗史料工作的新高度,而且标志着新诗百年历史研究的新高度。刘福春对我们的启示不仅是在学术的层面,而且是在人生和事业的层面,做一件自己喜欢的事,以毕生之力勇往直前、坚持始终。他是真正的聚沙成塔,集腋成裘,他以一人之力,造百年之功。可以说,《中国新诗编年史》的出版不仅是一件大事,也是一个奇迹。"

面对赞扬刘福春总会有一些反思。当别人称赞他几十年的工作成就时,他讲:"《中国新诗编年史》的完成,是我三十余年的积累。如此长时间的日积月累是此书得以完成的保证，但也带来一些自身的问题。诸如在长时间的撰写过程中，撰写者的文学史观念等前后会发生很大变化，变化的观念决定了史料的取舍、多寡、轻重等标准的不尽相同，而很多文献又不可能重新阅读。"刘福春身上有清醒和审慎。

他另一为人所知的身份是新诗文献收藏家。刘福春搞收藏，完全为研究。

诗人书信、手稿、正式与非正式出版的诗集诗刊诗报、诗海报等多种品类的与诗有关之物，光是运往四川大学的就有"近14吨"。祝晓风曾有一句断语，说刘福春"和新诗有关的'纸'都收藏"。这里确有刘福春的史观，那就是对文献的无分别心。

收藏时，不在"好"的标准上对文献进行甄别，他坚持不能因自己的偏好切割历史本身的参差与丰富。

他一直记着罗新璋先生讲给他在法国图书馆查阅巴黎公社公告的经历。1973年罗新璋随"出土文物展"去法国，有空就到法国国立图书馆查阅敦煌写卷的资料。有一天工作完毕想看看馆藏典籍，他对"巴黎公社公告"早有耳闻，想试试看，便请图书管理员帮忙查找。罗新璋后来在文章里写过这段经历：

他翻了卡，查了编目本，也没找到，便打电话到里面去问，里面说二十分钟后再告知。结果借到的是完整的一套公告原件，拿出来两大厚本，是个宝藏，可谓世界上独一无二。这部公告藏品，说不定连法国人都没发现，因为他们自己会查目录，查得到公告图书。我原意在看原件，看几张真品，过过文物瘾，不想图书管理员不怕麻烦，真把原件书号找了出来，这批原件几乎包括全部公告，是手稿部（Cabinet des manuscrits）的藏品，还注明A la réserve（特藏）！公告编号，从第五号开始，编到三百九十八号，共存三百六十多件，其他地方还散有多件。这些公告，有的是原件，有的是校样，有的是从墙上揭下的，还留有硝烟弹痕呢！翻阅之下，原件，实物，好像接触到了真实的历史，字里行间风云激荡，使人感奋，作为文献，觉得非常有价值，决定副录下来。

罗新璋的经历让刘福春很是羡慕。他赞赏的，正是这样的文献保存意识与方式。"我一直追求文献及文献工作的独立价值，因为我坚信其存在。这种坚信不是来自理论，而是我的经历和经验，发掘出文献并完整地呈现出来，工作的意义就实现了。整理者不要做'有没有用'这样的价值判断。我一直警惕文献整理的价值和意义的伤害。在文献收集整理中，往往会因为看重文献的研究价值，又认识不到位，与很多文献失之交臂。"

"你怎么在十亿人中找到了我"

两次和老先生的聊天，给过刘福春很大信心。

一次是与蒋锡金先生。1930年代蒋先生曾在上海办刊物，他熟知许多现代诗人的具体情况。2023年第4期《新文学史料》上刊发了《锡金先生的长信》一文，文章缘起于1985年3月刘福春向蒋先生去信。信里他附上了制式的诗人名单。几天后收到回信，十六开的信纸蒋先生正反面写了满满十页，介绍了近六十位诗人的情况。四十年后，收到回信的激动依然新鲜。"这当然是一种支持和信任，但我还不将这简单理解为此。蒋先生这样做有一个前提，他知道你在做一件有用而必要的事。"

1985年10月在重庆参加"郭沫若在重庆"讨论会时，他见到了蒋先生。晚上他去找蒋先生谈了很久诗，蒋先生提起谁说到什么诗，他都知道，这给了刘福春很大信心。四十年后，他在文章里延续那个和蒋先生谈诗的夜晚，在信的字里行间看出了先生的"提问"，他以四十余年的认真功课，再一次回答蒋先生。

还有一次，是遇见钟鼎文先生。1991年8月，艾青作品国际研讨会在北京举行，会场外与从台湾来的钟鼎文先生相遇让刘福春知道，他十年来关于新诗的阅读、记录、寻访、收集，没有白费。钟先生1949年前在大陆以"番草"笔名写诗，但发表的作品全都遗失了。晚上到家，刘福春在他的卡片箱中找出"番草"的作品记录，开列了一个单子，诗人哪年在哪里发表过什么诗，清楚列下。第二天钟先生看到这份资料，大吃一惊，告诉他《向日葵》这首是曾经写给夫人的情诗，因为没"证据"，夫人并不当真。当天刘福春就找到了刊发这首诗的杂志，将这一页复印下来，送给钟鼎文先生。"钟先生那天开心极了，打电话给夫人，说自己找到了证据。"

也是在1985年，刘福春收到诗人黎焚薰回信。黎焚薰是《诗歌与木刻》杂志主要撰稿人，1942年他的诗集《滨岸》由"诗歌与木刻社"出版。诗人信中写着："你们的工作做得如此细致深入，钩沉烛幽，无微不至。并且能在十亿人口中找到我这个微不足道的小人物的现在的住址，可真不简单，令人敬佩。"在现代通信网络仍未普及的年代,准确找到一个人并非易事。八九十年代,刘福春找到了四千余位诗人,并和他们保持通信。

所收信件中还有一封很特别。

刘福春同志:

10/19日来信收到。

读后,跟85/3收到您的第一封来信一样,"出乎意料","感愧交集"。

《北望集》初版于1943年,到1985年,已经四十多年了。几经离乱,自己差不多要把这件事忘了。而您却从被人遗忘了的冷僻处拾起这本集子,拭去灰尘,编入《中国现代新诗集目录》,诚可感也。

愧者,则是那些诗并没有达到新诗所应达到的水平。虽然我是认真地在写作。

……

写信人是马文珍,曾以"马君玠"为笔名写诗。"《北望集》的作者,现在知道的果然不是很多,但在三四十年代确也是一个辛勤耕耘的诗作者。"发表于1988年的《寻诗散录(之二)》中刘福春这样介绍。不过,他略去了信中老诗人对他的找寻、前去拜望而深为感动的细节。

写上面那封回信之前马文珍先生正在与病痛相持的艰难时刻,"在那一段日子里,我不但心灰意冷,更没有活下去的勇气了。当我知道《北望集》被您从远方的泥土中捡起来而加以编目的时候,我开始有了爱惜自己的意思。所以我坚持做完三个疗程,并且订阅了一份《文学评论》,从中,我得到启发与教义"。此后马先生的病令人惊异地康复了,他一直感念,并将一本1936年11月由北平琉璃厂文楷斋印制的林庚线装诗集《冬眠曲及其他》赠与刘福春。"这是一本非常珍贵的诗集,存世的已经没有几本。前几年,这本诗集我借给一位朋友在书店做展览,后来发生了意外,朋友离世,这本诗集也就没有下落了。"

老诗人们身上朴素珍贵的谦逊让刘福春接受着"诗的教育"。和他们交往,起先是工作,日渐成为他生活里的重要"光源"。多位老诗人将他们所藏诗集都送给了刘福春。"我和老诗人们的相处交往持续了很多年。比如牛汉先生、绿原先生、邵燕祥先生、郑敏先生、谢冕先生,还有很多。和他们交往我得到的,不只在诗,那是一整个关于做人的学习。"

邵燕祥先生住在虎坊桥时,常叫刘福春去家里取书。"因为给的太多了,有一次,骑车已经带不动,我是一路推着自行车回家的。后来邵先生搬到了我家附近,有天听见敲门,打开一看,是邵先生拉着小车把诗集送到我家里来了。"

刘福春也常乐呵地讲起"谢饼大赛"。"大赛"缘起于多年前大家一起去太阳宫附近看望牛汉先生,先生请大家吃馅饼,吃过几回,油滋汪汪皮薄馅大的馅饼成为相聚的"规定动作"。谢冕先生提议,何不将"吃馅饼"发扬光大,不光要吃,还要比赛!在"秘书长"高秀芹的操持下,"谢饼大赛"到今年已举办九届。这些年的北京春天,一场相聚因吃馅饼而到来。"馅饼都能吃出一个节日来,这多不简单!"

新诗文献工作刘福春进行了四十余年，他知道，这不是一件要刻苦才能完成的事，甚至，他早早就将"刻苦"从人生字典里删去了。招研究生时，他只关心一个问题：你是不是真的喜欢这个事儿？

来北京不久，刘福春在所里排到一张自行车票，兴高采烈，他去自行车行登记了一辆永久牌自行车，过了些日子车到货他去取，是一辆红旗牌的。"人家问我要不要，当然要！"刘福春就蹬着这辆自行车，从东单中国书店骑到灯市口中国书店，骑到新街口又到清华，他到处跑书店找诗集，费过多少劲儿全不记得，只说自己"书缘特别好"。"我想看想找的书，都能碰到！"

"坚持不是刻苦，是要专注。我最讨厌'刻苦学习'这个说法。'苦'其实是难度，没有难度就没有去做的吸引力，难度不是敌人。在人们认为没有快乐的地方发现快乐，是一种能力。快乐是需要学习的。"

他喜欢柳宗元《江雪》中"独钓寒江雪"一句，并以自己的方式翻译这句诗。"你琢磨琢磨，这句其实是非常棒的诗歌理论。——独，创作应是个人的、有个性的；钓，诗不是下了功夫就能得到，灵感来了才有诗；寒，诗总是在人迹稀少、冷僻的地方；江，那个世界不是小溪小水潭，应该是一片广阔水域；雪，意味着非实用与非功利，钓鱼不是诗，钓雪就是诗了。"刘福春独辟蹊径的研究，他在一日日细碎营建中创造的浩瀚，何尝不是"独钓寒江雪"呢。

2018年5月，刘福春受聘为四川大学文学与新闻学院特聘教授。14吨新诗藏品随他入蜀，"刘福春中国新诗文献馆"成为四川大学、西南地区乃至全国一座别具特色的新诗文献中心,向有志于新诗研究的学人开放。

除了饮食,他几乎已全然认领了自己的"新成都人"身份。"在吃的方面,我还得向谢老师学习。点菜的时候服务员问,有什么忌口吗?谢老师永远说,该怎么样,就怎么样!"

现在,刘福春在每周上课的两天里,步行往来于家和学校,有时他会拍几张盛放的花朵,在微信群里和学生们说,该来看花了。

(原载《文艺报》2024年5月15日)

贺嘉钰,北京师范大学文学博士,纽约大学联合培养博士,著有《灯光来》。

庞大固埃的转世灵童

◎ 弋 舟

初见老田,至少应是十余年之前的事。具体年份不细究了,我一贯疏于对时间的准确记忆,此刻追记,我只消确定——彼时我们尚"青年"。这个确定,当然也矫情,当然也不足推敲,但却是被法定一般背书过的。那一年,我跟田耳,初见于"全国青年作家创作会议"。就是说,我们是被组织认定为"青年"的。这个全国性的会议,有着严格的年龄要求,此后,以年龄计,田耳我没去留意,他小我几岁,或许还能再"青年"一回,而我,超龄了,将不再被允许参会了,也就此,严格地不再"青年"。

那时我是甘肃作家团的一员,那时的田耳,距获得"鲁奖"已有六年的光景,保持着"史上最年轻鲁奖得主"的纪录,还藏身于湖南。他是"湘军五少将"中的一"将",我是"甘肃八骏"中之一"骏"。这将,这骏,现在我是难以启齿的,彼时也不好意思拿出来唬人,想必田耳也作如是观。但回望来路,至少可以盘点某种规律性的线索,那就是:我们这代作家,在"青年"时,集体地被归为了"七〇后",继而,分属于地方,被打包成了团伙,以"战斗"之风格,成军,成建制。打出什么天下了吗?或者一统江湖了吗?没有,说到底,不过流寇一般各自为战。反倒是,气味相投者,将、骏、侠什么的,跨省连横,成为了文学生涯中的莫逆之交。

那届"青创会"的与会代表中,领队者不算,还有获得过"鲁奖"的人物吗?应当是没有了吧,否则田耳那"史上最年轻鲁奖得主"的纪录,恐怕就是不能够成立的了。于是,顺理成章,他当然要做会场上最亮的那颗星,要做酒局中最靓的那个仔。可是,他不是。至少,我没觉得是。老田不怯场,但在人群中也从来不是顾盼自雄的主。

会场上,我没怎么看到田耳这颗星发光,似乎,也没看到什么其他星闪亮;酒局中,这个直到今天仍被朋友们戏称为"小地主"的家伙,确乎有些"小地主"的气派。他矮,他胖,竟然,他还白胖;他呼朋引伴,挟"史上"之纪录,喝得热闹非凡;他口若悬河,臧否人物,竟然,他还呜呜噜噜口齿不清。他绝不令人反感,甚至,有着天然讨人喜欢的优势,就好似那矮白胖和那口齿不清缺一不可,哪一项不对了,这个人就不对了。他很对,很浑然,很协调。这种感觉,也许仅是于我而言,要知道,仅凭"口若悬河、臧否人物"一条,就足以给太多人制造出行世的麻烦。

我对田耳最初的观感,很难说是一种理性的结果,但也难说纯然出自感性,现在琢磨自己当年对田耳的好感,脑子里只闪回"季布者,楚人也。为气任侠,有名于楚"这样的句子。这是司马迁在《史记》里对季布所下的判词。想田耳,蹦出个季布,倒也不算离谱,毕竟二位皆是"有名于楚",而让我觉得更为恰切的,则是那"任侠"之风。

不错,"青年"时初见田耳,我是被他身上的"任侠"之风所打动。这个胖且白的"小地主",这颗口齿不清的"最亮的星",将诸多截然不同的禀赋聚于一身,憨直且精明,语恣而讷言,智以愚显,浑然天成。他不以最靓的仔自傲,也不以呜呜噜噜自惭,就是一副"全力在搞"的架势,而这所"搞"之对象,假以"酒"名,实则是做人的原则与处事的规矩。

当然,"全力在搞"的老田,把自己搞大了。那次会议是在京西宾馆开的,会前领导便开宗明义:我们开会的这个现场,就是当年某个重要会议的会场。大家集体噤声,倏忽感到了身在历史之中。门禁森严之地,搞大了的老田返回宾馆时,冲撞出了一点麻烦。我还算保持着历史的清醒,忙不迭打了圆场。以我日后对老田的了解,他岂是不懂深浅之人?但他就是要"全力在搞",直到迎面撞上命运本身。他也有他的历史经验,一路横冲直闯,可不也就这么冲闯出了一番天地吗?

再见这任侠之人,我已经在心里将田耳换成了"老田"。他当然不"老田",细白粉嫩,令人嫉恨地逆龄,但我还是觉得"老田"之谓,更符合我对他的感受。

那一年,老田写出了他迄今最为重要的一部长篇小说。《天体悬浮》是作家出版社出版的,责任编辑雷容,同时恰巧也在编辑我的《刘晓东》。编辑流程中,雷容找我试试给《天体悬浮》做个封面设计的方案。由此,我堪称是精读了老田的这部杰作。读罢,服。

《天体悬浮》几乎囊括了田耳全部的写作秘密,他的出身,他的履历,他的江湖,他的情谊,他于红尘中摸爬滚打,他在深夜里眺望星际。这是一个深谙人间秩序的混子,这是一个婴儿般纯粹的赤子。老田会忧伤吗？精读过《天地悬浮》后，我不免会做此想。这想法当然荒唐，一个一流的小说家，怎么会不忧伤呢？天真和伤感的小说家嘛。但是，当你以忧伤去想象田耳时，就是这般不由得要犹豫一下。荒唐，真是荒唐，"忧伤的田耳"，想一想就要让人失笑。不对，那是不对的。但是，"广大而不着边际"，不正是荒唐的本意吗？老田正是这样的荒唐之人。

最终，《天地悬浮》没有用我的设计。我设计得太好了，吓着了雷容。也许是内疚，雷容拉了我和老田一同去参加上海书展。他贩卖《天体悬浮》，我贩卖《刘晓东》。在书展上卖书，也是"广大而不着边际"的荒唐事，日后我跟老田，还加上徐则臣与李宏伟，四个人在书展卖书，台下的读者坐着两位。但既然同去了，我们就得彼此吆喝捧场。我大力夸了《天体悬浮》，老田也夸了《刘晓东》第一次让"七〇后"的作品中"有了父亲"云云。荒唐，真是荒唐。

荒唐之余，当然是"全力在搞"。这一次，我才真正见识了老田对酒的"迷之依恋"。他喝酒，有股"投奔大海"般的在所不惜，这大海，确乎就是酒海，而老田，是纵身跃入的坚决。他其实并不能算作海量，但蹈海而入，是赴死的欣快与果敢。这才是"买醉"的真解。他就是奔着醉而去的，酒不过只是奔赴那结果的通道，他还嫌这通道太窄，他不要走村道，他要上高速，要尽快地、拼命地从通道中冲过去，直接去拥抱、紧紧地去拥抱醉之本身。然后，他就可以呜呜噜噜着嬉笑怒骂，可以冲撞一切森严的门禁了。

但我从未见到过老田醉后沦为无耻。

上海滩，对老田而言，可能纯然就是电视剧《上海滩》中的那个上海滩。那是大码头，是风云际会，是人间纵横捭阖的博弈，是成败转头成空的修罗场。在他早期的文学履历中，已有"上海作家研究生班"这一笔，于是此次书展卖书，在他，就有故地重游的熟稔，更有"上海作家研究生班"当时唯一"鲁奖"得主的威风，他之"买醉"，就更加天经地义了。那么，就让他笔直地醉吧。说是"笔直"地醉，只因为我所见过的、自己实践过的醉，基本上都是"曲折地醉"。我们本不想醉，我们畏惧和警惕着醉，最终，我们还是醉了，然后用醉来诉委屈、使狂悖。但老田就是要醉，不惧，无畏，醉了就是醉了，不让醉里泛起那些跟醉本身无关的沉渣与泡沫。德公，走走，木叶，这些上海滩上的挑剔之人，就这么接受、甚而宠爱上了买醉的老田。

真是个福星啊！羡慕，嫉妒，恨，你不能不心生感慨。这"福星"之福，有"史上最年轻"纪录之佐证，更有着摆脱了一切"规定动作"而能立于不败之地的神奇。有如神助，他不俯低，也不仰高，呜呜噜噜，洋洋洒洒，竟然，就成了。

"田耳不成名，天理难容。"这是执文坛牛耳者早年所言。

"别惹老田，老田是遇佛杀佛、遇魔杀魔的主。"这是我之所言。是戏言，却也不全是戏言，潜台词或许还有：没法跟老田处，你也就没法跟世界处了。这不是在说老田好处，实际上，他大约有许多时刻，还是那种很难相处的家伙，原因无他，究竟，他有他的骄傲，并且，他还"任侠"，有浑不吝的一面，有时连狡黠都是明晃晃地亮出来捉狭人，但他深知这世上的分寸，这人性的高低。他有原则，知道荣辱，明白香臭。

下一程，我跟老田相伴着，经历了迄今最漫长的一次旅途。受邀于《回族文学》，我们去了新疆的昌吉。前后十多天，天天在西北的大地上奔走，夜夜在酒店的房间里买醉，算是彻底打通了我们之间交情的任督二脉。

此行的由头是《回族文学》颁发刊物的奖项，受奖者，竟是大名鼎鼎的张承志先生，颁奖者，竟是我们几个"七〇后"。这不啻一个匪夷所思的神话。就好比，突然间，几个识字的现代人，被喊到天边给仓颉颁奖。老田都因之端庄起来，不远万里，他背来了几十册不同版本的张承志作品，不为其他，只为让张承志签下名字，立此存照，说明自己和某种事物息息相关着的原则。这同样也是老田的神奇，正规学历乏陈的田耳，竟是我辈作家中对于知识最为深切拥抱的一个。他爱武侠，也爱真理，他藏书，不遗余力地藏，藏金庸古龙温瑞安，也藏商务印书馆的汉译世界名著，藏成了我眼中的版本学家。偏僻的典籍，陌生的作家，每每不知所云时，求教于老田，你便能得到线索和答案。

亦庄亦谐，端庄毕，老田正式发癫。那一路漫游，我正在精神极度拧巴的时刻，幸而有了老田，这个生机勃勃的家伙，如无父无母的哪吒，混天绫，风火轮，一通乱耍，只叫程青、梁鸿、黄咏梅，还有我，这几个"忧郁的知识分子"，统统都不再好意思忧郁，不再好意思知识分子。是啊，老田怕什么呢？曾经，他养斗鸡，装空调，跑到八里庄鲁院门口自告奋勇要当学员，为了在地方内刊发小说贿赂主编；现在，他鼓动我们给远在北京的"鲁奖"颁奖现场发去贺词，祝贺徐则臣、张楚获奖，不间歇地拿身在河南的乔叶插科打诨，让乔叶成为了此行一个虚拟的团员，简直快乐得不要不要的。就似乎，他从来就不会是绝望的，从来就奋力地逆风狂长。但我也分明知道，在"似乎"的背面，这个沈从文的湘西凤凰小老乡，早早就认领了自己先天的委屈，找到了自己人间的方案。

他信命，同时就知道要搏命，他在清明节去给沈从文烧纸，他见到佛脚就当仁不让地扑上去，他吃最肥的肉，喝最土的酒，然后在体面的场合一抹嘴上的油，也把衬衣体面地塞进裤腰里，呜呜噜噜开言，妙语连珠地说服素食者。他是奇妙的人，一个"妙人"，一个"可人"，鲁智深在钱塘江边坐化时"今日方知我是我"，老田许是在沱江河畔逃学时就知道了他是他。老田也提着一对虎拳上路，顽固地在地，又专注地在天。在天地巨大的落差里，他省去了吃相难看地攀爬。说到底，老田是一个肉食者，他不吃肉，就没法用肉身撞出一个前程，但在他又有着素食者的清奇。好吧，他是我此生中所遇到的最接近于"庞大固埃"的家伙。

文坛一度流行"某某是某某的转世灵童"之说，要我说，我就会说：老田是庞大固埃的转世灵童。

没错，就是那个"当他诞生的时候，世界正害干渴"的庞大固埃，那个追求肉体享乐的庞大固埃，那个豁达乐观的庞大固埃，那个患胃病时所服的泻药就有四公担斯甘摩尼草、138车肉桂和11900斤大黄的庞大固埃。同时，也是那个深知"无知是一种耻辱"，要做"全知全能"之人的庞大固埃，那个有着宏大学习计划、力求"没有海里、河里或水里的鱼类是你不知道的；天空中的一切飞鸟，森林里的一切乔木、灌木、大树、小树，地上的花草，地层下面的一切矿产，整个东方和南方的宝石，要没有你不认识的东西"的庞大固埃。

"畅饮知识，畅饮真理，畅饮爱情"，被法朗士视为文艺复兴时期的神髓，如果此言不虚，新疆之行，我就是遇到了一个文艺复兴时期的人物。我得承认，老田的明哲达观，老田的"人味儿"，有力地将我从那个阶段的萎靡之中打捞了出来。那时，我就是一个"正害干渴"的人。

我见识过老田的畅饮，见识过他畅饮知识和畅饮真理。于他而言，真理即是捍卫文学的标准，他是如此热情地向我推介自己认为写得好的新人，并且，每一次推介都准确无误。双雪涛就是老田推介给我的，言辞之急迫，神情之恳切，现在想来都令人动容。他爱文学本身，如此地不愿意对好的写作视若无睹，对坏的写作违心讴歌。是老田不通人情世故吗？不是，相反，正如庞大固埃在巴黎求学而后又周游列国，老田在他的"人间大学"，早已从养斗鸡和装空调中，看清并学会了世相的逻辑。

我也见识过老田"畅饮爱情"。他是我辈作家中最不惮于将自己的情感难题释放给朋友们的人。有一个阶段，庞大固埃也不快乐了，颓了，废了。那时他已去了广西。有一次，我们在北京撞上。"二级教授"田耳在北大培训，我们遇到了，自然是要醉的。"二级教授"之说，当然是我的戏言，但老田进入大学任教，亦是传奇，既然是传奇，为什么不更传奇？而且，在我看来，老田之水准，端的当得起一个文科的二级教授，重要的还在于，他是真的有着教书育人的巨大热情，对于教职，他有着超乎寻常的认真，日后我是领教过他携一众"田门弟子"时的先生风范，那严师劲儿，那慈母劲儿，啧啧！但这次老田醉得空前勇猛，想必绝非是做了"二级教授"。我将他拖回酒店房间,闭门而去的一刻,竟有一瞬间的悲凉,感到一个天才,人间失衡,难不成就此被撂倒了吗?恍惚间,才意识到手里还握着他的一串紫檀手串。

再以后,我回到了陕西。那年,老田千里奔袭,在暑期带着女儿自驾,一路从凤凰出发,向西,再向西,跑到玉门关才折返,归途中打道来了西安。我隐约知道他的苦恼,劝慰他,美其名曰"没准上帝就是让你安心写小说的,人间日子对你是个妨碍"。这话,我自己也是将信将疑,但残酷的是,有时候,我又觉得是一个真理。事实上,在人间失衡的日子里,老田的确写出了论堆儿的杰作,每每读到,我都会心悦诚服于他的小说能力。李宏伟在作家出版社时,要将田耳的中篇小说《一天》出单行本,喊我画几幅插图,评价曰"年度杰作",对此我也是深以为然,甚至在心里有更高的认可。我认为,在我们这几个常年被归在一堆儿说的"七〇后"中,老田才是那个天生的小说家,我们是费了劲儿,他是不费劲儿。但谁又能为了维护好一个"天生的小说家",便去恋恿他落一个人间日子的惨淡?更何况,这"人间日子"还是田耳、是庞大固埃最为重要的属性之一,他是我所见过的最"热爱生活"的同行,让我坚信,如果一定要有所选择,老婆孩子热炕头,是足以让老田丢弃掉文学的。

我们无数次地撞上,无数次地喝。我们在庙堂喝,我们在江湖喝。我们在《收获》文学排行榜的颁奖仪式上互换手模。我们在边疆喝,我们在天涯喝。有一日,海南岛上再喝时,老田已经部分地恢复了他的生动。他又开始机灵地调侃起同伴了,又有了笃定的小狡猾。只是,喝得不再那般一往无前。节制了,居然节制了啊。没错,老田有了心爱的人。木叶在岛上提议我们三个人分头写一篇对方作品的同题小说,我认了老田的《瀑布守门人》。离岛后,木叶和我兑现了约定,老田的那篇同题小说则没了下文。没就没了吧,谁让老田又有了老婆孩子热炕头,他在岛上的时候就忙着跟远方的佳人视频呢。而且,老田的《瀑布守门人》写得又是那么好,他少写点,对我这个同行而言,压力也少一点。

终于,老田干脆彻底不碰酒了。理由充分,没什么好说的,为日子计,为生活计,为老婆孩子热炕头计,应当支持。我们参加中日青年作家论坛(居然还混迹于"青年"),在浙江的一所大学又聚到了一起。当日,上桌的是古越龙山——黄酒。席中的日本作家被我和老田逗引着喝得面红耳赤,逗引人,自己也被逗引了起来,毕竟有个庞大固埃的底子,老田不免就轻微地破了破戒,喝出了些许的状态。是夜,从酒会离席,我们几个中年人绕着校园里的操场遛弯消食。遛着遛着,老田却跑了起来。自不量力啊,还跑得动吗?我一边琢磨,一边看着他圆滚滚的背影摇摇晃晃地隐入夜色。他在跑,居然真的在跑,居然跑得并不是那般吃力,甚至轻盈,他在跑,在天体悬浮中,一个人张灯结彩地跑。

老田啊老田,你我以青年之名相遇在"青创会",如今十余年过去,你跑得依然如同一个青年,一个如同陈独秀当年所期待的那种解放而自由的青年:我有手足,自谋温饱;我有口舌,自陈好恶;我有心思,自崇所信;绝不认他人之越俎,亦不应主我而奴他人……

我想我在那一刻听到了夜幕中有着"喝呀,喝呀,喝呀"的鼓舞之声。那是老田的喘息声吗?是的。但那也是如拉伯雷所言,

"最鼓舞人心、最神圣、最肯定的喻示"。没错,这一幕就是《巨人传》的结尾时刻——当庞大固埃一行到达神瓶国祈求神瓶的喻示时,神瓶发出了一个字:

"喝"。

2024年3月3日
敲下此文的写作日期,才发现是第二十五个全国爱耳日

(原载《扬子江文学评论》2024年第3期)

弋舟,小说家,著有《庚子故事集》《丙申故事集》《丁酉故事集》等。

我看王阳

◎ 黄昱宁

这两年国产剧看得不少，注意到王阳是三四年前的事。六月里发现他因为白玉兰奖的提名备受关注，错愕之余，也觉得有认真写几个字的必要。作为一名观众，不用当任何人的粉丝，只对自己的眼睛和心智负责，是一件自由而快乐的事。

第一部真正让我发现王阳的戏是2021年的《叛逆者》。以前在国剧里很少能看到陈默群这样极端的角色，更少见演员用自己出众的形象和气场首先把这种极端立起来，然后用细腻的表演，在有限的空间里（给男三反派的空间总是有限的）渐渐为这个人物增添说服力。前者的方式更港台，后者的方式更内地——王阳聪明地将两者糅成一体。

老实说，我是为了陈默群把整部《叛逆者》追完的。我被这位叫王阳的演员，带入了属于陈默群的规定情境，既难过又期待地看着这个人物如何在崩塌的信仰中破碎——尽管在当时，"破碎感"这个词还根本没流行起来。

当时冒出来的另一个念头是：遍地都是塑料感的娱乐圈，究竟还埋没了多少像这样要形象有形象要演技有演技、具有某种金属质地的演员？顺手搜了搜，看到王阳在上戏念书，毕业以后入职北京人艺的履历，也看了几个访谈。这一看又添上一层惊讶：

我很少见到如此言之有物的演员，在几乎所有的访谈里执拗地、滔滔不绝地勾勒人物小传，阐述对角色的理解，甚至为自己的表演方式想象反对的声音，自己跟自己争辩。他好像根本不在乎这样的访谈是否能接上地气，是否缺少时尚感，也不在乎对面的记者和观众是否有耐心听完那些专业术语。我看到了一种在如今这个时代里多少有点失传的戏剧表演传统。我甚至隐隐感觉，王阳对一个角色建立信念感也许要比别人更难，因为他太认真，比别人想得更多。

当然，一旦把这种信念感建立起来，他便是那种一丝不苟地要把信念在每一个细节里都贯彻清楚的演员。比如，他坚信陈默群一定不能演成像《潜伏》里那样"老奸巨猾"的站长，否则跟王志文演的地下党老顾就会在一定程度上"撞型"——这样对起戏来怎么会好看？他坚持要扣紧陈默群的中山装，这样才能在关键的时候松一松领口，给"跛王"的杀伐决断设计独特的节奏。坦白说，并不是每一种执念都是最优解，也不可能每一个点都踩得精准——甚至，有时候留着一点缺口或者容许一点溢出人物行为逻辑的表演，往往容易讨好观众——但王阳知道自己在做什么，他更愿意讨好的，似乎一直都是他自己。

我猜，在这一次获得白玉兰提名的《追风者》中，王阳给沈图南建立的人物小传应该比陈默群还要厚实——因为沈图南的复杂性超过陈默群，也远远胜过《追风者》中的其他角色。一个沈图南被他切分出了不同的块面，属于乱世枭雄的狠戾，属于家国情怀的坚硬，属于儿女情长的柔软，彼此冲突却又互相映射。在王阳的演绎中，这些块面之间反差强烈却又暗流涌动，共同构成了沈图南之"难"。最后一集火车上的长镜头，面对曾经被他领路，后来又为他领路的徒弟，他主动挪开视线，眼角隐隐沁出一滴泪，嘴角徐徐浮起一抹笑。一连串控制得异常精准的微表情，让这个复杂的人物最终达成艰难的，然而也是完整的自洽。

表演的自洽不是一朝一夕建立起来的。此番众声喧哗，倒让我有机会在视频平台上翻出王阳一系列陈年老剧，抽样检查。由此得到的意外收获是大致过了一遍近二十年的国产剧发展史。有些剧的制作，现在看来确实过于粗糙，但你还是能从里面辨别出一个努力自洽的演员在戏里摸爬滚打的轨迹。角色从一番落到十八番再慢慢爬回来，妆造从杀马特到精英范，脸形从堆满胶原蛋白到有棱有角的侧颜杀，王阳走过的是一代"叔圈"都走过的荆棘路。只不过，这位曾经在脸上受过伤、吃什么都会发胖、演什么都容易被遗忘的演员（有多少人直到今天才意识到，《庆余年》里那个出场没多久就领了盒饭，但一直教人心心念念的小角色滕梓荆也是王阳？），最后依靠扎实的基本功、严苛的自律和对表演的热爱，一步一步挺了过来。

从"叔圈"和"准叔圈"里杀出重围的演员各有所长。精准拿捏心理层次者，如于和伟；将松弛感和生活化表现到极致者，如雷佳音；永远能跳出常规情境，找到"另一种"表现方式者，如张颂文；灵气逼人者（以至于忍不住担心他能拿到多少对得起这份灵气的剧本），如蒋奇明。王阳给我的感觉跟他们都不一样。均衡扎实的戏剧基础，尤其是得天独厚的控制声音的技术和台词功底，也许是他最重要的立身之本。

其实，《追风者》里的台词难度对王阳还构不成太大的挑战，有兴趣考古的可以去看看他在《显微镜下的大明》里扮演明代讼师程仁清的公堂戏。第十三集，程仁清绝地反击，大段台词在音色驾驭、节奏把握、气息控制上令人过耳难忘，稳稳地接住了一屋子在舞台上千锤百炼的老戏骨（吴刚、尹铸胜、侯岩松）和小戏骨（张若昀、康杰）轮流丢来的角度刁钻的好球。紧接着，小时候曾经在专业队里打过九年乒乓球的王阳，扣回去的每一板都准确地打在界内。拉片的时候这段台词我一连看了三遍，一直看到程仁青主动领了藐视公堂的板子，然后只用一个落拓桀骜的转身，就准确诠释了什么叫"仰天大笑出门去，我辈岂是蓬蒿人"。在与王阳同一年龄段的演员里，承继焦晃、陈宝国、陈道明那一脉，具有鲜明"莎剧感"的，似乎成了稀缺品种。而我在王阳身上，多多少少看到了这种久违的光芒。

（原载"远读"公众号2024年7月6日）

黄昱宁，上海译文出版社副总编辑，著有《八部半》《假作真时》《梦见舒伯特的狗》等。

韩松落的天使之声

◎ 李　皖

春节最后两天，重感冒，没力气做事。于是，把买来许久的韩松落《春山夜行》通读了一遍。

我认识韩松落时，印象中他还是个"少年"，刚二十四五岁，姿态很低，有点儿腼腆，却已经是个散文家和专栏作家。他居住在新疆和田，中国的西北角，看似所处偏僻，但写的东西一点儿不偏僻，在各种高端大气上档次的热门期刊上，经常能看到他的名字。从写作题材角度，他的身份，也可说是影评家和乐评家。在我们这年月，出于把上面的东西都打到地下来的时风，一般会管这种叫影评人和乐评人，但以我看到的这专栏文章的品质和才气，我觉得还是称"家"比较妥当。我认识的影评人和乐评人不少，口才好、文字漂亮的也不在少数，但是绝大多数人，都写不到韩松落的那种锐利和深刻。

不仅是影评、乐评，韩松落也撰文写舞台上的其他名人，写在大众视野中占领了十五分钟注意力的热门人物。他评论娱乐、时尚，也评论文化、艺术，涉及体育及奥运，如果你约他写专栏，他也会写。这么说吧，只要你需要，他什么都能写，什么都能拿下，成文都有质量，且绝不重复。这样的宽频和高产，一度让我觉得不可思议，非正常人类所能为。我猜，他是真正凭稿费就很好地养活了自己的人。有时我也会想,他这么写的动力是什么?是为了钱吗?他不像是那一种人。是为了名吗?好像,他也不是对名声孜孜以求的人。

那时我还不知道,就是这个韩松落,在写专栏文章的同时,也还在写小说——专栏作家韩松落之外,有另一位韩松落,另一个更奇的奇人。

我跟松落未曾深谈过,只是对他有好感,一见如故。对他的大部分认识,都是凭着直觉作出。在我看来,松落敏感而早慧,应有不同于常人的早年。这回看《春山夜行》,结尾有篇后记,算把他的敏感和早慧坐实了。而且,据这后记推断,他的文学开悟,竟比我想象的时间还更早。

古人大概仅有三四十岁平均寿命,所以在古代,多数情况下,你必须把自己在这三四十年中活出来。跟古人类似,韩松落还在用这个时钟,来给自己的人生计时,他心里有这个内在催促。但这说明不了全部问题,不信你试试看,就算你如此迫切,你能从十二岁就饱览中外经典,从初中就开悟和开笔写小说吗?在当今世界,这委实罕见——何况,这并不是儿童涂鸦,而是真正有着几分文学自觉的构思和创作。

韩松落天生有文艺眼,这是我从读他的散文得到的印象。他眼中有诗意世界,在童年和少年的感知中,他所看到的世界、经历的自然和人世,与普通人所见、所经历的,不完全一样。那是一个诗性的、精神的、通感的、仿佛在内部的,时常有着梦境外形的世界。当年,我看《怒河春醒》(上海三联书店,2011),他的散文集,虽只寥寥看了几篇,却已被他年少世界的奇异刺中——他真是不一样，他真切感知到的，通常人们只有在梦境和疾患中才能感受到。现在我认识到，不仅仅如此，韩松落还一直是一个自我训练的小说家，很小即自觉踏上了这条路。他有明确的目标，也有路径——就像是画家，须经观察、写生、静物、风景、人体、运动、水彩、水粉、版画或油画等，一步步累积，一步步达成——他也有小说写作的一步步。他关于文学的观察、写生、静物、风景、人体、运动的练习和习作，写满了他初中、高中和大学的一本本练习册。

《春山夜行》是韩松落的第一本小说集，虽然腰封上写着"以时光的松脂裹住凛冽的西北"，这句话却未必准确。我觉得，这本书主要不是地域性的，也跟自传拉开了距离——作为有抱负的小说家，只会自传性地书写，或许是低能的，不为小说家本人看重。以"夜行""晚祷""世情"为题，这本书分为了三辑，计十五篇短篇小说。每一篇的写法都不同，十五篇就是十五种小说作法。当我意识到这一点，抱着期待的准备，有一点点担心，一直读到最后一页。所幸，这个感受唯不断加深，却并无一刻破灭。这就像看一个高人，在卓越地进行着他预设的表演，直到最后一刻，礼成收功展身，他也未曾暴露自己。从而让我感到，这确实是一个高人的卓越表演，看到结束的一刻，终于不再是我一厢情愿的想象，事实就是如此，只会比我想象的更精彩。

我估摸着，大概，直到这小说集的四分之三处，韩松落都没有把自己露出一分来。这作者是隐形的，故事是虚构的，这里面没有多少自传，自传不是小说家的目标。换句话说，这其中的主要人物，都不是韩松落，不是他本人、他的家人、他的亲朋好友或他熟悉的邻居，当然，他肯定用到了他本人的资源，用到了从他们这里获得的社会和地理认识。然而，这份认识毫不拘泥。直到掩卷，我依然感觉，韩松落指向的虚构世界还敞开着，一眼望过去，那后面仍空落落的。我只是踏上了它的地界，他这个人，他可能许诺的文学世界，仍在向前延伸，丝毫看不到终点。

不过，韩松落的小说技艺并不是始终进步的，而是神秘地起起伏伏。我不十分欣赏的篇什，有的写于晚近。比如，人物和故事都极好的《天仙配》，写于2022年，可能是力作，但在我看来，从小说技艺来说，完成度不高，有着杰出小说家不会犯的错误。而令我惊奇和倍加珍视的几篇，可以看看它们的写作年代：《春山夜行》，2019年；《天使之声》，1995年；《妈妈的语文史》，1997年；《午夜收音机》，1994年；《汹涌的暗夜》，2003年……尤其《午夜收音机》，写于1994年，什么概念！那一年，韩松落是个刚毕业的中学生，还是个刚进门的大学生？笔力竟已如此娴熟圆润，真是令人难以想象。

在我们的交往中，松落从不故作神秘，但是他神秘。在我看来，他的小说具有惊人的原创性。他的原创，说得本质些，可能并不在于文体，而是他这个人本身就是原创，因此，行于他笔下的人物，从无庸常，皆有着锋利如刀的禀性，从里到外散发着令人畏惧的凛冽。虽然作品还不多，他却已经向我们显现出，他的小说非同寻常，总是展现为奇异的世界。就像《天使之声》中所写的，合唱团少年们自己都不相信，他们的歌声是出自自己的喉咙吗？它完全超出了世界，与那些工厂宿舍，与土里土气的孩子，与我们的生活日常，是多么不同，却显然并非不真实的世界。少年韩松落就如合唱团少年一般，天生就能触摸这个世界。而现在，他通过自我训练的魔法，更能够自如地达成，或者说，需要时即能发现、进入或者再造这个世界。《春山夜行》的最后四页，《妈妈的语文史》和《汹涌的暗夜》的全部，都是这个世界的顶层部分。我在那里感受到了澎湃的、汹涌的，绵绵不绝、令人心醉神迷、简直承受不住的奇境，像是眼前世界突然有了神性，而人走进去变成了神话中的人。不要以为这只是文学修辞，不，这些段落和篇章，本质上就是"它是这个世界"，本来如此，当然存在，只是难得一见；现在，作者不过是像施魔法把它召唤出来了，具现为一行行文字，让你也可以借此看到这个世界的这一层，看到它诗意的本质的影像。

这部小说集，大概从四分之三处开始，有两篇文字，也出现在韩松落之前的散文集《怒河春醒》中。一篇《晚祷》，是原封不动；另一篇《农场故事》，是只现出了雏形。简言之，它们其实是非虚构，讲述了作者的一段经历。这么一来，之前我们谈到的那个认识就必须重新审视——韩松落一刻都没暴露自己吗？不，只是当他原原本本把自己也讲述出来时，你没觉得那是真的，你以为还是虚构！

很可能，对韩松落而言，小说也就是散文，散文很可能就是小说，起码有时候，两者是一样的。这里面涉及一个重要认识，也是我前面试图阐述的：这小说描述的世界，并非虚构和修辞性的，它也是真实世界。如果我们转换个角度，走到韩松落的那一面去，那么我们就会看到，他经历和感受到的真实世界，与他的小说世界也八成相像。并不存在两个世界，他和他，他和我们，我们和他们，都共处于同一个世界。

韩松落笔下的人物和故事，一方面有传奇性，一方面又都普通，从不诡异。他们用不着现代主义的变形诡计，大多数时候，就是凡人，只是不在日常的青青校园中、小区街坊里、通勤轨道上，而是在异常异样中、在穷途末路里、在被污辱和被糟践下，甩出了人生的正轨。这些故事动魄惊心，读过之后，很难释怀，就像做了场过于真实的梦，就像经历了我们的平行人生。

说到这里，必须提及韩松落的另一个本事，这是导致他的小说稳定地居于某个高水平的关键：在主题上、情感上，在通常所谓的意义上，韩松落从不平庸，从未落入任何一种人们惯常设下的圈套，包括那些通常有着高贵外表的庸俗圈套，他另有深湛和高远，秉着小说的神秘逻辑行事。比如，我始终无法描述他的主题和意义，每一篇都不一样。如果硬要概括，我会说，他的主题和意义，是自然随人物命运，落到了这神秘世界的深处去，落到这真实世界的底下去，让你耿耿于怀，你的心绪难平正来源于此。这一个个人，他们奋力地活着，辗转、起伏、落空、坠毁，如此打动你，让你寝食难安，但你什么也做不了。不仅没法搭把手，更无法付诸你的同情和遗憾。你一旦想着要拿出这些来，瞬间就会觉得不真实，感到你的小气和不堪。至于韩松落，他从不将自己的情感投向这些，也不太会给你提供这些机会。

（原载《上海文化》2024年7月号）

李皖，职业报人，业余写作，著有《人间、地狱和天堂之歌》《我听到了幸福》《听者有心》等。